葛文荣 著

在高原山水间

返自然

青海人民出版社

图书在版编目（ＣＩＰ）数据

重返自然：在高原山水间 / 葛文荣著 .-- 西宁：
青海人民出版社，2025.1
ISBN 978-7-225-06695-0

Ⅰ.①重… Ⅱ.①葛… Ⅲ.①散文集－中国－当代
Ⅳ.①1267

中国国家版本馆 CIP 数据核字（2024）第 024577 号

选题策划 王绍玉　执行策划 梁建强
责任编辑 马　婧　责任校对 田梅秀
责任印制 刘　倩　卡杰当周
书籍设计 杨敬华　葛　玮

重返自然

——在高原山水间

葛文荣　著

出 版 人　樊原成

出版发行　青海人民出版社有限责任公司

　　　　　西宁市五四西路71号　邮政编码 810023　电话（0971）6143426(总编室)

发行热线　（0971）6143516 / 6137730

网　　址　http://www.qhrmcbs.com

印　　刷　陕西龙山海天艺术印务有限公司

经　　销　新华书店

开　　本　880mm × 1230 mm 1/32

印　　张　7.5

字　　数　150 千

版　　次　2025 年 1 月第 1 版　2025 年 1 月第 1 次印刷

书　　号　ISBN 978-7-225-06695-0

定　　价　38.00 元

葛文荣，笔名平人，中国作家协会会员，青海省作家协会副秘书长。拉拉杂杂写过一些文字，却从来没有满意过。真诚、真实的自然写作方式，让我找到了属于自己的书写方式，恰好，我所在的青藏高原是一片用自然写作更容易接近的土地。

走向自然就是走向内心

——威廉·巴特姆

序

自然而然的书写

长期以来，我在探索和寻找着一种适合自己最舒服、最自由、最自如，也最真实、最真诚、最真切的表达方式。

为此，我曾一度停滞了写作。

我不喜欢在城市里久居，每隔一段时间，就喜欢把自己放逐到自然当中去。然后，把大自然当中的一些见闻、观察、感悟按照笔记的形式写下来。积累得多了，我才发现，这何尝不是一种书写的方式。时间一长，习惯就慢慢养成了，每次只要回到自然，就有源源不断的写作素材，就有强烈的写作欲望。久耽自然，又形成了一个怪癖——不喜欢在室内读书和写作。

尽管知道，这个领域的文学写作在青海还属小众。但这么多年来，我依旧一遍遍往自然跑，我观察、沉思、积累，寻找突破口。慢慢地，感觉进入了另一个全新的世界，对于我来说，这是一个全新的文学世界。这里的一切既熟悉又陌生，熟悉是因为自然就在身边，一直都在。陌生是因为我看到了她的另一面。很兴奋，我找到了她的另一面，她展示给我的这一面，居然是一个文学富矿。而且在这里，我几乎可以在前人的光照下顺畅地前行，尽管是孤独的前行。

一

买了《瓦尔登湖》很久了，慕名买的，可就是读不进去。知道这本书里有我需要的东西，但是彼时，我是那样地浮躁。自然保护协会的工作给了我亲近自然的便利，慢慢地，那个远去的自然就在身边了，心也慢慢安静了很多。这时，《寂静的春天》《宁静无价》《沙乡年鉴》《遥远的房屋》等自然而然进入我的视线，那些熟悉的文字让我着迷。那些似乎出自我内心的话语，让我感到无比亲切和真实。对于我，自然文学书写的不就是童年在大自然撒野的经历吗？不就是骨子里对自然最亲和的一种表达吗？不就是我性子里尚存的那份野性吗？不就是说说很久没有说但又不好说的心里话吗？不就是这么多年来我一次次自然观察的心得和笔记吗？……

于是，我开始思考"我与自然文学"这个命题。

我虽有着利奥波德一样的土地情怀，但做不到像梭罗那样过一种极简的生活。虽没有约翰·巴勒斯的观鸟能力和科学知识，但又想让自己成为像蕾切尔·卡森一样的生态觉醒者。我既没有条件像贝斯顿一样拥有一座"水手舱"，但又一遍遍回返自然，渴望大自然对心灵的滋养，像约翰·缪尔一样在山水间自由穿行。我甚至开始谋划一次像《在乌苏里的莽林中》一样的自由远足……

在很大程度上，我的这种状态，其实就是当下许许多多人的状态，当然也是自然文学写作者思考和书写的价值所在。在荒野与文明矛盾间的游离，在自然与城市之间的穿越，在保护与发展之间的思考，让我渐渐明白，走向山野，走向远方，其实就是我内心追求的方向，恰恰也是我的写作内驱力。在我，走向荒野，其实就是一种精神上自我提升的旅程。走向自然，走向外在，实际上是走向自我，走向内心，走向自由，寻求一种不为繁奢俗世所束缚的内心之平静。所以，每一次置身荒野，就有一种宁可迷失在山野，也不愿循规蹈矩地生活在现代文明社会的冲动。

我知道，我一次次奔向自然，有几分逃避的意思，有几分对抗的意思。因为我已经深深感受到自然就是能给我心灵以慰藉，我在自然里能找到自己想要的那份宁静和自由——城市给不了这些。

二

威廉·巴特姆认为："走向自然就是走向内心。"他认为风景有两种，一种是在身外，成为风景。一种在内心，成为心景，是身外的风景在内心当中的映射和反映。因为人的心境总是与环境有一个对应的图谱。当你忧愁时，山涧谷底的微风潜流和着你忧郁的心境，大自然轻抚着你的心灵，让你轻松、愉悦，忘记烦恼，让你的愁绪很快得到缓解和释放，所谓山水能解忧嘛。而你开心快乐的时候，明朗的阳光，辽阔的草原，蔚蓝的天空，轻快的鸟鸣，明澈的溪流，与你一起欢快，一起奔放。

一段时间里，我如饥似渴地沉浸在著名自然文学作家的作品中，寻求心灵的慰藉，得到文学的滋养。他们一生都在寻求一种内心的平静和与自然的亲近，在自然中完成一部部传世之作。再看看自己，这些年来，喜欢穿梭于文明社会和沉寂自然，时而身居城市的浮躁和喧嚣中，向往着自然的清新、自由和宁静。时而漫步于山间林海，享受着微风习习、松涛阵阵的惬意。既向往自然的自由又迷恋都市的奢华，既沉醉于自然的狂野和活力，又舍不得现代生活的便捷，就这样在矛盾中挣扎，在矛盾中探寻。

后来我明白，我的矛盾属于野生自然与现代文明之间的矛盾，不也就是现代人这些年焦虑不堪，或者说苦苦寻觅着，想要解决的那个矛盾吗？在这个矛盾中游离，我渐渐明白了很多问题，认识到恰恰这个矛盾正是我该大书特书的。

正所谓孤独处有思想，困惑处有文章啊！

三

随着回到大自然的频次越来越高，我渐渐明晰了自己的写作方向，且越是明晰越是感觉到我已经离开大自然太久了，已经在偏离内心的道路上走了很久。于是，便有了一种时不我待的紧迫感，想重新回到大自然当中去，重新恢复与土地的链接，即将两脚扎在大地里，脉搏与大地一起跳动，文字与自然一起律动，用足迹和笔迹一同书写自然，以达到重抵自然，用精神的精彩，用文学的力量再现自然的目的。

于是，我在《与大地共生》中写道：一切生存问题要到大自然去寻找答案，也许就在一坨牛粪上，一根拴马桩上，一句谚语中。那么同样，一切自然文学的写作方向也要到大自然中去寻找，所有写作的困惑需要让自然解答。在自然中写作，自然地写作，为了自然的写作。所谓在自然中写作，就是将脚踩在土地上，笔触渗入到泥土里，揽大自然中的万物入文；自然地写作，就是真实地记录、描述、赞美大自然，无论何时都要忠诚于脚下的土地；而为了自然的写作，就是作为自然文学写作者，必须心怀大爱，热爱土地，尊重万物，以文为器，唤起人们的自然保护意识，呼吁大家重归自然。

在《不期而遇的夏天》中，我低估了蚂蚁抗击自然灾害的能力。大自然处处充满了优胜劣汰的残酷，一个物种在亿万年的进化中，不断在灾难中磨砺和成长，不断积累生存技能和智慧。这些都是我们不曾关注，但值得学习的。

在《林涛树语》中，我明白，向所谓现代文明演变的过程中，我们失去了很多属于自然属性的能力，比如，我们对自然感知能力的下降，我们对天籁之音的无动于衷，我们日渐迟钝的五官……

在《荒野呼唤》中，我发现了大自然处处存在的彼此相连、互相依存、和谐平衡的美，是大自然整体性和系统性的美，是原始之美、原真之美，是自然野性之美，是生命灵动之美。

……

发现了这些，每每进入大自然，我就会很自觉地调动五感去感知大自然的真实和真切，与之进行深度的交流、互动甚至融合。用敏锐的眼光去观察，用精准科学的语言去解读，用博大的情感去交流。这样，在你的世界里，蚂蚁不再那么微小，花朵不再单纯是一朵花，岩石不再只是一块石头，树木之间正在说着悄悄话，山川河流之间有一种亘古的神秘存在，动物和植物居然还学会了骗术……按照爱默生的观念，大自然是离神最近的地方，很容易就能找到人自身存在的神性。那是因为在自然中我们的五官全醒了，你，已经开始超越了自己。而城市里它们是那么地懒惰和呆钝，没有活力，以至于让我过得毫无活力，丧失了感知活色生香的机会和能力。

所以，回归自然是我们每个人的宿命，更是自然文学作家的使命。你现在不回归，你终究逃不开要回归自然的结果。现在回归，于自然，你是浪子回头，你的精神和灵魂将与自然融为一体，是不朽的。而当你的生命终结后再回去，于自然，你只是一堆行将形销的腐肉。

四

通过本书中这些文章的写作，让我更加坚定重返自然的决心。当然，再次回归自然，我越来越戒慎。在自然面前一定要保持理性，要意识到自然不是你想回去就能回去的自然，只有尊重自然，顺应自然，认知自然，认识到人类是大自然有机体的一份子才行。需要抱着膜拜自然，重新学习自然的心态，而不是依旧以人类为中心的姿态，企图按人类理想的体系，去重新构建自然，或者企图按照人类的想法重新指导自然规则。如果我们不转变理念，不放低姿态，自然也不可能会接纳我们，于自然我们终将还是匆匆过客，或者不友好的闯入者。

原本人和自然是一个整体，人是自然这个整体中的一个个体。但是，人慢慢脱离了这个整体，企图建立一个非自然的王国，妄图自成一体。当人身体和精神中的自然因子不断减少时，有一种现象越来越多地在成人和孩子身上出现，甚至成了全人类共同的问题——自然缺失症。这种病症的症状就是整日无精打采，没有激情和活力，对任何事情都不感兴趣，甚至冷漠自私，以个人为中心，不考虑家庭、集体、社会乃至国家利益，道德意识淡薄。这种病症目前正在人类中蔓延，正在困扰着人类，而且更多的人并没有找到医治的良方。因此，有些国家兴起了一种自然处方，来医治一些焦虑症、抑郁症、自然缺失症。

回到自然，通过对我们所忽略，甚至完全不知道，却与我们那样相近相亲的自然万物的描写，尤其是动人细节的描写，加上时时的感悟，以期触动人们内心当中的生态良知，唤醒人们身上的自然属性，激活被尘世蒙蔽了的五官，找到人们身上快要泯灭的自然因子，激活它，使其与自然产生强烈的共鸣。

在大自然当中，每一刻都是新的，都有新鲜的事情发生，因此，大自然最具有活力和希望。去自然中，想要发现自然的神奇，就必须先让你蒙尘已久的心灵进行一次洗涤。清凉的溪水，清冷的空气，清爽的天空，沁人心脾，荡满全身。还有入耳入心的鸟鸣，云卷云舒的浩空，灵动野性的动物，都是洗去你铅华的良方。去除铅华，显出你的纯真，找回你那颗未泯的童心，打开你的五官，这个时候，你才具有真正融入自然的条件。也只有这样的你，自然才会接受，你才会接收到自然中的美丽、神秘，让自己重获能量。

五

如今的我，在大自然当中，只要拥有阳光、微风还有鸟语花香，就将一切烦恼、不开心，屏蔽出去。这个时候哪怕刺耳的电锯声也会变得柔和下来，不再令人厌烦。这时，我要么阅读要么写作，和自然融为一体。

其实，当你真的置身于自然当中，并能真切地体验到自然的宁静的时候，便是福至心灵的时候，蔓辞佳句便会如泉而涌。如今，我真的做到了在自然中写作的状态，我尽可能坐在草地上、小树下、山沟里阅读和写作，这比任何一台华丽的书桌都美妙。那种感觉真是曼妙，耳边有鸟鸣，脚下有虫吟，抬头是蓝天，心中是宁静。这个时候，你真正能体验到什么是与自然融为一体。也正是这个时候，我感觉腹笥日盈，内心沛然。

六

我们脚下的这片土地就是高原写作者的新大陆，是写作的富矿。当然，我反感用走马观花的方式去解读自然，用悬拟之词描写高原。不来高原或者来个一两次就言辞滔滔，虚情夸张。自然是一本厚厚的书，书里有地质篇、历史篇、文化篇、生态篇、民族篇、宗教篇，这本书你需要捧着去读，心存敬畏，举心静读才有所收获。在自然面前，任何轻薄的抒情是草率的，只发现浪漫而忽略她的双重性是不负责任的。

我在书写中，清醒认识到，并极力主张，大自然充满两面性，总是美丽、和谐、浪漫与无情、残酷交替出现。既有光明温暖的一面，又有阴暗残酷的一面。既有温暖感人的时刻，又有冷酷血腥的时刻。既充满和谐共生的画面，又有弱肉强食的无情。

我想，这是一个自然作家应有的基本认知。

大自然也有令人憎恶的残酷和无情，弱肉强势的残暴，弱者的无助，强者的骄横，令人战栗的灾难，以及为了生存而采取的欺骗、伪装。在大自然中，生存是第一真理，任何为了生存的行为都可以被理解，但任何不按自然法则的罪恶和邪恶的行为终将被惩罚。自然惩罚起人类来毫不留情，我想，我们已经意识到这点了。

记得许多年前，我第一次翻越巴颜喀拉山时，在山顶上既矫情又孟浪，结果被大风呛了，被高原反应来了个下马威，浪漫和豪迈瞬间荡然无存，剩下的只有寒冷、缺氧，甚至死亡的威胁。所以，应该理性地面对我们脚下的这片土地，科学地描写，忠实地记录，而不应该被理想化、浪漫化。在理想与现实并存的土地上，我们不应该有意地规避这片土地曾经受过的生态创伤，以及不同时代暴露的生态问题。所以，在自然面前，作家应该保持着感性的激情和理性的清醒。当然，这更是自然文学作家不可推卸的使命。

正如日本学者山里胜己在《自然和文学的对话》的序言中所说："人类拥有抒发自我的声音与文字。但是谁来传达自然环境的声音呢？谁来描述与大自然神秘力量和美产生共鸣的人类的精神？谁来传达树木倒地、田地污染时的叫喊以及地球的呐喊？从文学上来讲，这是诗人、小说家、自然作家的职责。"

大自然是真实的、复杂的，生活也是这样。在本书中，我努力体现自己重返自然的经验，将自然以及内心复杂性、真实性的感受用文字形式呈现出来，坦露真实的自我，依旧坚持不做不该有的粉饰。

是为序
2022 年 2 月 2 日 第一稿
2023 年 5 月 27 日 第二稿
2023 年 10 月 17 日 第三稿

目录

第一章

自然而然

门前空地

城市，让我们脱离了荒野。可是，我越来越发现，我们远离的不只是荒野，还有自由和快乐。原初，人类来自荒野，尽管荒野在人类的心中越来越缩小为一个小小的点，但是，不可否认，荒野一直在那里。曾经，我们以最快的速度叛离了荒野，理由是荒野是落后的，荒凉的，闭塞的。之后，我们又最强烈地开始怀念有着自然、宁静、质朴、纯净的荒野，企图找寻我们在文明城市里失落的东西。

——题记

这一块被撂荒、闲置了多年的城市荒地，简直就是我的宝地，满足了我暂时不能去野外时的一切需求，成为我观察自然的样地。我可以在这里观察鸟类、昆虫、植物，还可以在这里读书、写作、沉思，以及像在荒野里一样散步。我时常站在这里，心里装着远处真正的荒野。

一

这块空地，先是荒草肆意生长了几年，那时候，我会常常到这里漫步。这片无人打理、人迹罕至、荒草疯长的地方，在我的眼里就是一块小荒原，因为在这里我会找到片刻的、相对的寂静。

可是，后来这块空地变成了规规整整、姹紫嫣红的花海。随之，便招来了一波又一波鼓噪着的"中国式"游客，于是，这片空地在我眼里不是荒原，成了城市花园，甚至一片被文明践踏过的地方。

2022 年的初冬，西宁下了很厚的雪，这雪下出了童年的回忆，下出了已经淡忘了的冬天的味道。于是，我便又想起了这块已经被我淡忘的小荒原，那里的雪景应该是另一番景象吧？

因是冬日，小荒原恢复了最初的寂静，尽管只是城市里相对的寂静，但也是我所期待的。于是，一个人清新地踩着雪走向这片空地。瞬间，周围的高楼大厦隐去了，车水马龙隐去了，我似乎又能望得见远处的荒野了。

大雪掩盖了这片花海在夏季制造的辉煌，以及辉煌落幕后的狼藉和惨淡。大约没有人喜欢繁华落幕后的惨淡，可我喜欢。因为一直以来我不想成为繁华里的主人公，不喜欢辉煌里的虚无和无常，更厌烦用喧嚣和鼓噪堆砌的快乐。我喜欢的是喧嚣过后的寂静，那是真实存在的被沉淀后的寂静，不会给你虚无和无常的恐慌。那里有我一个人的世界，那里的世界有我一个人。那样的世界是真实的，那样的我是真实的。

我有意错过这片所谓的花海最辉煌的季节，在它最落寞的时候再来，发现这片空地有了一个新功能——寒食节烧纸。烧过纸的痕迹加重了这里荒原的味道。我一直觉得，烧纸这种从农耕时代留下来的习俗，只有在荒野里才能表达那份空旷、悠远以及淡淡的哀伤，还有丝丝缕缕和忽远忽近的思念。但是，荒原一天天被城市挤压着，于是，黄纸灰飘飞时，我们再也找不到那份淡淡的哀伤，那种忽远忽近的思念，那种让自己的心空了、远了的感觉。我们还会怀念最初的荒原吗？会怀念这块短暂的荒原吗？会有人意识到我们离荒野更远了吗？

二

我还是喜欢到空地一角的那块荒地去，不大的一角土地却有着荒野该有的本真。那一角并不整齐的土地无人理睬，无人干扰，更接近荒野的意义。那是从附近的工地拉来的土方堆积起来的荒地，土壤里的草种、树根很快便在这里灿烂成了一个荒野世界。但是，这里只是它们临时的栖所，说不定哪一天，轰鸣的机器声后，这里就会被水泥和柏油裹上一层坚硬的壳。可是，这里的小树、小草，只管努力灿烂着，生长出了生命该有的精彩，就连这初冬的时光都不放过。难道它们不为自己的命运担忧吗?

日渐茂盛的小树林，吸引了喜鹊、麻雀、灰喜鹊、啄木鸟等不少的鸟儿，尽管它们的叫声不时被周围咆哮的机器声和汽车声掩盖，可那偶尔的啁啾声，会在心里萦绕很久，即使随后你离开这里，啾啾声却还在响。每每站在这里，心里就会生出一点诗情来。抬眼，周围林立的楼房不再那么生硬。

踩着残雪我慢慢地踱着，突然觉得身后有动静，我期望会看到小动物或者是昆虫什么的，那对于我来说该是一份惊喜，那也是荒野该有的灵动。

于是，我充满期待地回头，结果发现，是被我踩倒的小草小花！它们一个个猛地直起身，抬起头，倔强地、不服气地望着我：我们没被大雪压倒，凭什么要被你踩倒啊！我惶恐地跳出草地，站在砂石路上，心里忙不迭地对那些顽强的生命说：对不起，对不起!

小时候，家乡屋后有一片荒山，那里是我童年的游乐场，那里有几条沟、几条坎，至今我还清清楚楚。哪里能找到野兔，哪里能掏到鸟窝，我一清二楚。然而，后来那里建了工业区。夏季里，那满山喧闹的昆虫不见了，那能开出各种颜色的花早早就枯了。那块荒山死了，我心里一直愤愤着，却不知道该去怨谁。

现代化改变一切竟是这样地快！一阵机器轰鸣，还有一缕富含硫化物的青烟飘过，我童年的游乐场就死了。

不定哪天，推土机走过我脚下的这片荒原，它就会彻底消失。如果它消失了，我又该到何处安放我的乡愁和寻觅我心中的那点诗意啊？

我突然又莫名地哀伤起来，为眼前这点荒野，为存放我心中诗意的荒野，没有了荒野，我的生命该是如何贫瘠和单调啊！我知道，大片的荒野在我们眼前快速地消失，尤其是现代文明高度发展的沿海城市，已经没有了荒野。没有了可以自由生长的花草，就连自然山水也带上了浓浓的人文色彩，鸟兽成了另一个世界的事物。

我喜欢坐飞机时从空中俯瞰地面。看到越往沿海地区，城市越密集。在内陆，城市和乡村是星罗棋布的，但是到了广州、深圳等地区，却是延绵不断的，还有一刻不息的车水马龙。有一年去珠海，傍晚飞机沿着海岸连续飞了一个多小时，这一个多小时里，地面的城市灯火就一直没有间断过。这一路不是城市就是被城市化的乡村，见不到还算是开阔且少有人的土地。这些寸土寸金的地方全是钢筋水泥构成的坚硬外壳，全是网络般分布的高速公路、飞驰而过的高铁。不知道这些地方是否还有野生动物？如果有，却与城里人的生活形成了极富讽刺的对比——人们的生活日渐奢华，而动物东躲西藏，无处栖身，日渐恓惶。

近日，我看到一则新闻，说从华东、华南地区消失30年的豺在西北多地出现，而且在这里形成了干旱半干旱地区的新种群。这说明，内地城市空间不断挤压着野生动物生存的空间，也更加印证了我说过的一句话：西北广袤的苦寒之地并不是什么动物的乐园，而仅仅是避难所！因为没有任何生命愿意待到生命面临极限的地方。动物再笨，也不可能分不出干旱区和湿润区哪个更适宜生存。无人区不是人类腾让给动物的地方，其实是人类不愿意去的地方。可是，就是这样的避难所，如今也被冠以"探险""体验"等各种名号，成为消遣娱乐的地方。

如此看来，这个地球上还存在无人干扰的荒野吗？那么我时时所遥望的荒野在何处呢？

三

有一天，不知道在什么地方看到了一个词，这个词在很多城市开始频频出现——城市自然。这个词我怎么读都感觉有点别扭，因为城市和自然是处在发展与保护两个对立面上的矛盾体。城市自然，这个词里有城市人自我安慰的心态，当然也多少有点自欺欺人。我宁愿认为这是城市人对自然的怀念。就像我面前的这块空地，植物自由地、顺心顺意地甚至野蛮地生长。往任何方向几百米是整齐划一的绿化带，刚刚被工人修剪过，任何想随心所欲生长的灌木都被机械剪刀剪掉了。再往北几百米是湿地公园，在工人的关照下，里面的草坪绿润平展，旁边是警示牌：禁止进入草坪。

可是，相比于设施齐全、环境优美的湿地公园，我宁可在这块无人管理的草地待着，感受这里相对的自由和丰富。我看到，也有专家提出对城市环境再野化的建议，让我感觉眼前一亮，但是也就是一瞬的亮。城市有城市的规矩，而大自然是自由野性的，这是一对几乎无法调和的矛盾。城市里的草坪勉强可以让人自由奔跑，树木可以让人随便攀爬，但是，你能告诉野生动物，请你们回来吗？

我倒是很期待我面前的这块空地就一直这么闲置着，自由着。按自己的习性生长着的植物，弯弯曲曲的沙土路，突然飞起的环颈雉，不知道从哪里冒出的野兔子……可是，这里恐怕早已是一块炙手可热的待开发地，开发商觊觎已久。

四

时隔一年，我很庆幸，空地居然还在那里！于是，这个初冬小雪那天我又去拜访了它。这一天，日朗气爽，这是我所生活，也是我所喜欢的这座西部小城的特点，通透、明亮、旷远，能望得见远方。而且，随便开车往哪个方向，不消一小时，就能到达一望无际的大自然。我一直就想叫她西部小城，一座可以背靠荒野的城市。但是这恐怕会惹一些人不高兴，因为有人想让她成为一座大都会。西宁，西陲安宁也，尽管西宁并不是古代人眼中的西陲边疆，但背后却是大面积的草原、山地、湖泊。再往远，更是有大面积的无人区、荒漠，是地球少有的荒野和最后的净土。尽管西宁并不一定就是诗和远方，可是，西宁就是诗和远方的零公里处。

当我从平展的街道走向空地坑坑洼洼的沙土路时，不禁感慨：宽敞的街道是经济社会发展的需要，可是这种乡间小道也有存在价值，为什么不能存在下去呢？

初冬的小雪之后，再没有雪光顾这座城市，这一点点荒原赤面朝天，鲜有人迹。夏季种植在空地上的花"招蜂引蝶"，导致现在这里一片狼藉，不过倒是有一份繁华落寞后的寂静。头顶是深邃的苍穹，远处是冬日萧条的祁连山余脉，心头是通透和清爽的感觉。我不由长长舒了一口气，一丝清凉浸满全身。

突然，我止住了脚步——前面的土路上一只花白的猫自顾自地嬉戏着。它用爪子拨起一片枯叶，等叶子腾起，它再一下扑住，用两只前爪抱住，在地上翻滚着。好像不这样，这片树叶很难制服。干枯的树叶被它揉碎了，四散了，但它依旧很高地跃起，腾向那些四散的叶片。之后自顾自地四脚朝天，在地上打着滚，很开心的样子。

它是一只杂色的普通家猫，样子很萌，我想上前逗逗它。可是，它翻起身，狠狠地瞪我一眼，遁进了旁边的小树林。我有点悻悻然，我是善意的，可它为什么会给我一个很不友好的眼神呢？也许，这个眼神是对人类的不信任。因为，它极有可能是被主人抛弃的流浪猫，这片小荒原成了它的乐园，也许，它再也不愿意去相信人类。

再见这只猫是隔年的初秋。猛然邂逅在这片荒原的边缘，它愣了几秒钟，嘴里叼着一只老鼠。依然是对我满眼的不信任，依然是快速地躲避。它捉住了一只老鼠！这让我瞬间来了兴趣。说明现在它已经彻底野化，并能成功捕食，而不用依赖城市的垃圾过活。我跟踪它，想一探究竟，途中它几次回头看我，眼神很不友好，我只好拉大了跟踪的距离。它穿过车来车往的马路，然后沿着马路边的绿化带走了一公里，最后拐进了湟水河湿地公园的一处建筑内。我只能大致判断，它的窝就在这幢建筑内，说不定有几只幼崽等着它。

我对猫这么敏感是有原因的。童年，我与家里的一只猫一同成长，是不共戴天的敌人，因为我的顽劣、它的调皮，经常让家里鸡犬不宁。闯祸的结果是我挨一顿结实的揍，它则逃之夭夭。所以一见它我就气不打一处来，白天我追着它四处乱窜，晚上它不是抓烂我的手就是挠破我的脚。最严重的一次，等我睡熟了，它狠狠地在我额头上一爪子，抓出了很深的血印。所以一直以来，我对猫没有什么好感。但是，偏偏有一天，妻和儿子玮抱来一只花狸猫，也就是这只猫，改变了我对猫的成见。

玮叫它奥利奥。奥利奥的到来给家里多了一份快乐，它用它的机灵、活泼、可爱让家里的所有角落都有了欢乐。闲暇时间，全家人都跟它嬉闹。它比别家的猫机灵，但也更野性、顽劣，上天入地无所不能，像极了童年时"三天不打上房揭瓦"的我。宠物专家说，这是我们给它的空间和自由度太大造成的。但我们一家就喜欢让它那么野性着、顽劣着，因为喜欢它眼睛里那份灵光和身上那份特殊的野劲。

意想不到的是，我们对它的宽容也得到了它的回应。我发现，很多时候，它居然懂我们的心思。看大家沉闷不开心了，它就从沙发底下找来一个纸团，看看这个望望那个，希望跟我们玩。它特别喜欢玩纸团，扔出去的纸团它会捡回来放在你手边，等你再扔出去，然后它炫技一般，高高跃起接住。有时候，它完成一个高难度的动作，我们欢呼后，它就轻狂得无法无天，迅速攀上窗帘，趴在罗马杆上，忘乎所以；妻假装伤心，它会攀上妻的腿，歪着头爱怜地看着妻，伸出爪子摸摸妻的脸，那爪子居然是软乎乎、温突突的，感动得妻两眼泪汪汪的。玮假装跟它生气，它就跟玮对峙，怒发冲冠的样子……

可是，奥利奥死了。

它曾是那么野性和顽劣，却那么轻易地就逝去了。妻为此哭了一周，我和玮也久久无法释怀。所以，见到这只猫，我有一种别样的亲近感，急于想接近它，却被它拒绝了。

但是我对它还是好奇的，或者说是担心的。它吃什么？住在哪里？好奇心促使我也钻进了那片小树林，却发现了另一个新的世界。

原本，这里是由建筑垃圾和废弃土方堆积起来的废墟。所以，我一直担心这片荒地的存留问题。可是，没想到，时隔一秋，混合在泥土中的草籽、树根、果核却在这里形成了全新的自然世界。里面的树密集到你想进去都很难，杨柳树已经有胳膊那么粗了，中间夹杂着榆树、红柳，还有个别的杏树和一些灌木。更让人惊讶的是，其中的砖头、水泥块这些人类制造的非自然物被一层苔藓覆盖着，都快看不到原来的样子了。哦，又是苔藓！每一次的自然恢复，苔藓这种矮小不起眼的生物都充当了先行军的角色。

这一现象让我很欣慰，任何人类制造的非自然物，只要交给自然，并假以时日，就会被自然赋予自然属性。

再往里走，蒿草已经齐腰了，草丛里传来窸窸窣窣的声音。我停下来，仔细分辨这些声音，发现这声音来自不止一种物种。有四处逃窜的老鼠，有奔走如飞的环颈雉，有贼头贼脑的麻雀，还有嘎嘎乱叫的灰喜鹊。它们踩在厚厚的落叶上，发出很响的声音。

嘿，这里完全是一个精彩的荒野世界！

我没有再往树林里钻，我知道，我是个不速之客，是这个小世界不受欢迎的访客。所以，就蹑手蹑脚地退了出来。退出树林，我却感慨起来，大自然居然有这般神力，用很快的速度和力量将一片废墟改造成了一个全新的自然世界。贝斯顿说，在每一处的角落，在所有那些被遗忘的地方，大自然拼命地注入生命，让死者焕发新生，让生者更加生机勃勃。大自然激活生命的热忱，无穷无尽，势不可挡，而又毫不留情。

如果不加以干扰，任由这里就这么自然地发展下去，会是个什么样子呢？可是，它毕竟不符合城市发展的规矩，长得太过于野性、自由了。我知道，它的命运终究会被打印机一样的推土机推过，之后会被复制成平展的马路，或整齐划一的绿化带。

我还知道，这一天很快就会到来……

不期而遇的夏天

其实，人类以外也存在一个非常精彩的生物世界，只是我们对它们的了解十分有限。我们千万不能小看了它们的智慧，那种看似简单，却充满智慧的行为，足以让尚有生态良知的我们感到惊讶不已。一直以来，想傲睨于万物的我们，骄傲地认为智慧和聪明只属于人类，殊不知，人类发展到今天，掌握的技术和智慧有多少是来自人类以外的万物。

——题记

受疫情的影响，错过了种花的时间，门前的空地撂荒了。为此，我高兴了好一阵子，因为我喜欢这片空地自由、荒芜的样子。

但是入夏以来，烈日烘烤了多日，空地上的草本植物瘦弱矮小，木本植物没精打采，喜水植物奄奄一息。幸好，昨夜等来一场大雨，于是空地上一片欢腾，有的植物改变了抗击干旱换上的保护色，有的植物舒展开了蜷缩起来的枝叶，有的植物挺直了枝干精神头很足，就连臭蒿草的味道似乎也变得好闻了一些。晴好的天气仿佛给了能飞的昆虫们美好的心情，它们在撒欢，"嗡"地飞走了，又"嗡"地飞回来。地面上爬行着的虫子，也兴高采烈地，来来回回爬行着，显得十分忙碌。我感到清爽轻松，坐在草地上，打开了贝斯顿的《遥远的房屋》。但仅仅读了几行字，就无法读下去了，因为雨后的草地上热闹嘈杂一片，尤其是脚下的蚂蚁们。

我放下书，蹲在一个蚁穴跟前观察，发现蚂蚁们十分繁忙，不停地从洞里衔出一块泥土，放在洞口立刻又返回洞中。新鲜潮湿的泥土不断从巢穴里被挖出来，被有序地摆放在洞口周围，形成了一个拦洪坝。这个圆形的拦洪坝围在洞口周围，也许在蚂蚁眼中已经很完美了，可是在我看来，却禁不起行人的一脚踩踏。蚂蚁每次衔出来的泥土都非常小，乃至根本无法测量，最大的也就半毫米。这么估算，堆在洞口的泥土也有几十万粒了，这几十万粒也不过人手的一把而已。但是我知道，地面下有一个十分庞杂、非常宏伟的洞穴。

这周围生活着三种青海常见的蚂蚁，一种全身乌黑，小如黑线头；一种通体又黑又亮，仅一毫米半长；一种头和腹部为褐色，胸部是红色，也不足两毫米。我说不上它们的名称，也查不到它们的资料。这几种蚂蚁和谐相处，并不发生争斗，偶尔相遇，都会谨慎避让。我把一小块梨放在地上，时间不长，这三种蚂蚁各自占了一角吸吮着糖汁，和谐进食，互不干扰。

蚂蚁们分工明确，忙而不乱。除了负责清理巢穴的工蚁，还有一些工蚁专门在寻找食物，不时会叼一块食物回来。它们的食物有昆虫的残骸，也有人类遗落的食物残渣，但更多的蚂蚁在四处奔走，并没有找到理想的食物。相比忙里忙外的工蚁，有一些蚂蚁看上去游手好闲，这里看看，那里转转。我原本以为这是些偷奸耍滑之辈，其实不然，这些蚂蚁专门负责着比如侦查、考察之类的杂务，蚂蚁的世界里可没有像人类一样的浑水摸鱼之流。

我顺手捉了一只小甲壳虫放在蚂蚁奔走的路上，一只蚂蚁用触角碰了一下虫子就走了。另一只很快就来到虫子跟前，仅仅停留了两秒，就叼着这只虫子往洞里拖。我又捉到一只更大的甲壳虫放在地上。同样，有一只蚂蚁只是碰碰虫子就走了，第二只蚂蚁却毫不犹豫地一口咬住了虫子。但虫子比它大很多，拖拽起来很困难。它放下虫子，去拦住另一只同伴。四只触角经过快速摩擦触碰后，两只蚂蚁分开，一前一后叼住虫子，很快消失在了巢穴里。这个观察让我有点疑惑，第一只蚂蚁难道是负责鉴定食物的？它会不会将信息素留在食物上，指导其他同伴来搬运？而且传递信息的就是那对触角。

看来它们的触角很不一般。细看才发现，它们的两只触角并不是直的，分两节弯曲，末梢上还有一些细绒毛。这对触角很灵活，不停地在触摸遇到的任何东西，来感受周围的世界。蚂蚁也会不时停下来用前肢捋捋，估计是随时保持触角的灵敏。这么看来，触角就是蚂蚁的眼睛、鼻子和手，用来感受环境、分辨气味、传递信息、避开障碍、寻找食物等。

我接着从背包里找出一些食物残渣，撒在蚂蚁巢穴周围。结果很多蚂蚁并不识货，它们很犹豫。面对不在食谱里的食物，它们一时拿不定主意要不要搬回去。不过，还是有一些蚂蚁一块块地往巢穴里搬。接下来，我将一块甜味的蛋糕揉碎放在地上，没想到刚才还只有稀稀拉拉几只蚂蚁的地面，一眨眼的工夫轰然出现了大量的蚂蚁，密密麻麻的，连地面的颜色都变了，好像呼呼闪闪的千百个黑线头在动，让人浑身直起鸡皮疙瘩。

"这帮贪婪的家伙！"早就知道蚂蚁是大力士，可让我压根想不到的是，地面上半个指头尖大小的一块蛋糕居然都被它们合力举了起来，缓慢向着洞口移动。看来，它们太喜欢蛋糕，或者说是甜味食品了。

"对于动物，我们人类需要持一种新的、更为明智或许更为神秘的观点。远离广博的大自然，靠足智多谋而生存……在一个比我们的生存环境更为古老而复杂的世界里，动物甚至进化得完美而精细，它们生来就有我们所失去或从未拥有过的各种灵敏的感官，它们通过我们从未听过的声音交流……"贝斯顿的这段话深深地触动了我，目光不由离开书本，瞥了一眼地面。"这帮贪婪的家伙！"我不得不再次发出惊呼，就这一会儿时间，地面上大大小小的蛋糕被它们打扫得干干净净！

这时，突然出现的一幕，让我发出了更大的惊呼。

只见一只蚂蚁拖着偌大的一条蚂蚱腿，从远处跌跌撞撞、摇摇晃晃地奔来。它的动作看上去有点滑稽，活像一个喝醉酒又急着赶路的人。蚂蚱腿能比这只蚂蚁大四五倍，所以，这只蚂蚁回巢的路并不顺利。它一会儿倒着拖，一会儿正着推，一会儿又斜着身子走，以至于它在离巢穴半尺的地方绕来绕去，始终绕不到洞口，看得我都替它着急。它看上去很兴奋，动作很毛躁，而且一刻也不愿意休息。这也倒可以理解，有了这么重大的收获，它应该是着急回巢炫耀。但是看着它兴奋过头的跌跌撞撞，我不由哑然失笑。就这么花了五六分钟时间，它才走完半尺的路，终于找到洞口。

嘿！蚂蚱腿却横在了洞口。

这只毛手毛脚的蚂蚁，又是推又是拽的，把多体节身体的灵活性发挥到了极致。有几次我都想帮它一把，但我很清楚，"巨人"一出手，肯定是帮倒忙。几分钟过去了，蚂蚱腿依然横在洞口。"我倒要看看你怎么解决这个问题？"不自觉地，我成了一名吃瓜群众，静看这个倒霉蚂蚁的窘态。

但是这只蚂蚁还是很有经验的。它突然消失在洞口，不一会儿居然招呼来几只同伴。难题在多蚁的协作下，瞬间就被解决了，倒让我有点好戏落空的失落。

这么看来，我为蚂蚁寻找食物的能力有点担心，它们只是快速地在草地上来回奔走，来探寻食物，也就是撞运气，撞上什么算什么。这片草地上寻找食物的不光是它们，还有更多的昆虫以及鸟类，留给它们的是十分微小的食物。不知道它们有没有像人类和动物一样有计划、有规律的围猎能力？这样至少可以保证有相对固定的食物来源。

就在我为它们的食物担心时，我看到一只蚂蚁举着一片花瓣进到了洞里。我突然眼前一亮，立刻想到了采集，就像人类社会在原始社会阶段的狩猎和采集一样。继而我又想起，曾经在一个蚁穴底部见到过发了毛的植物，又立刻想到了发酵。采集、发酵，难道这些都是蚂蚁加工食物的方法？

不出我所料，科学家把蚂蚁的这种能力称为"蚂蚁的农业文明"。研究发现，蚂蚁在5000万年前就已经掌握了这种加工食物的方法。它们采集一些植物放到洞里，通过潮湿和阴暗的环境来培养真菌。整个过程有孢子的种植，用自己的排泄物施肥，还会分泌出抗生素来控制病虫害……简直和人类的农业文明一模一样。

农业革命让人类社会的规模变得更大、更复杂。蚂蚁的"农业文明"是蚂蚁社会性稳定且复杂，以及蚂蚁在地球分布最广的原因吗？

二

一直以来，我认为蚜虫是蚂蚁最美味可口的食物，因为我能经常看到蚂蚁和蚜虫在一起。为此，我捉了一只蚜虫，放在巢穴口上，被一只蚂蚁毫不犹豫地叼进洞去了。

后来有一天，我在一根油菜籽的嫩尖上看到了一幕，让我恍然大悟。蚜虫固然是蚂蚁的美食没错，但是，更多情况下，蚂蚁发现蚜虫时并不是大快朵颐，而是在管理和控制它们，就像人类放牧牛羊。这一根嫩芽上，有数十只蚜虫在蠕动，也有三四只蚂蚁来回巡查，发现蚜虫排出像露珠一样的东西后，立马就叼走。

为此，我立即翻阅资料，迫不及待地想了解所以然，在国外的一份研究资料里我找到了答案。的确，蚂蚁是在控制和利用蚜虫，蚜虫排出来的蜜露是蚂蚁最营养美味的食物。所以，蚂蚁专门安排蚁力管理蚜虫，就像牧人放牧一样。蚂蚁可不用简单粗暴的方法控制蚜虫。它们会分泌一种物质，来抑制蚜虫翅膀的发育，同时还会分泌一种化学物质，让蚜虫感到愉悦，因迷恋而舍不得离开，心甘情愿地被蚂蚁奴役。再不行的，蚂蚁就会毫不犹豫地吃掉。

三

"抚摸大地，热爱大地，敬重大地，敬仰她的平原、山谷、丘陵和海洋……"
我继续在一片树荫下阅读着《遥远的房屋》。天气开始变得闷热起来，蓝色的天空也开始笼罩了一层雾腾腾的薄雾，一向清爽的天气这几天变成了桑拿天，这出乎大家的意料。我脚下的蚂蚁很忙，其情形像极了人类修筑浩大工程的场景。

蚂蚁们如此忙碌，而我如此悠闲，这让我多少有点不安，好像自己不忙起来，就很不像话似的。

这时，我想到一句谚语：蚂蚁垒窝天有变。于是，我抬头看看天，天气依旧那么晴朗，除了一层薄雾，没有一丝云彩。不过，最近西宁的天气的确有点反常，很是闷热。会不会这天气真酝酿着一次大变化，而我只是没有任何的预知能力罢了。而蚂蚁确实有超强的预感能力，他们身上细微的绒毛能感受到温度、湿度以及气压的变化。可天气真的会变吗？我再次看看天，一片晴空看不出什么异常来，随后便很快忘了这事，因为我又发现了有趣的一幕。

一只没找到食物的蚂蚁爬到了我的小腿上，麻麻酥酥地有点痒，我并没有驱赶它，任由它在我腿上快速地奔跑。突然，它停了下来，似乎发现了什么。我也停止读书，好奇地期待，它到底发现了什么？

很显然，它在思考，或者说是犹豫不定，那它在想什么呢？

好嘛！我知道它在想什么了！

原来，它在奔跑了一会儿后，突然发现自己居然正奔跑在一个巨型食物构成的"星球"上。这一发现让它兴奋得有点战栗，它狠狠地咬了一口，企图征服这座肉体"星球"。但这一口却引发了这座"星球"的地震。一阵刺痛，让我不由缩了一下腿，蚂蚁也顺势被甩了下去。落在地上的蚂蚁一时不知所措，天堂和现实就在一瞬间。只是它在地上转着圈，半天没回过神来，分不清自己是在现实还是在梦境。难道刚才那个食物构成的"星球"只是个梦吗？

四

一只蚂蚁拖着另一只同伴往巢穴走，这是为什么？从它们的动作看上去，被拖的那只蚂蚁动作迟缓，明显是受了伤或者生了病。这让我瞬间倍感有趣，合上书，顶着烈日看着蚂蚁救死扶伤的场景。我发现，比起搬运食物，搬运自己的同伴对蚂蚁来说显得费劲多了。它得处处小心，防止同伴二次受伤。路上交错的植物以及坑洼的路面给它们制造了很多麻烦，使它们半天也前行不了多少路。看得出，被拖的那只蚂蚁也在努力向前，但是明显力不从心。这让我想到了影视作品里冒着枪林弹雨救助伤员的悲壮画面，而此时此刻，两只小小的蚂蚁正在我面前上演着昆虫界里真实的救助伤员的一幕。

当我感到双腿麻木的时候，它们也仅仅前行了十几厘米。而且，它们误入歧途——攀上了一根草叶。草叶的面倒是平坦的，可前面却是"断崖"。它们沿着平展的草叶快速前行了一截，却重重摔回到地面，好在落下去的地方离巢穴又近了几厘米。

两蚁挣扎着往前几厘米后，健康的那只突然丢下同伴跑了。这一跑太出乎我的意料，构思好的那个救死扶伤的悲壮故事，瞬间崩塌。它放弃了吗？如果它放弃了，我倒是勉强可以不责怪它，因为它太难了。与其两只蚁都累死在回家的路上，还不如存活一个，这恐怕也是一种无可厚非的生存之道。可是这个时候，两组词在我脑子里在打架：生存之道和不抛弃不放弃。

被丢弃的这只蚂蚁，很不甘心，表现出强烈的生存欲望。它缓慢地在周围试探着，企图自己找路回家。然而，更出乎意料的是，那只蚂蚁居然又回来了。原来，它是去探路了，原本越来越近的那个巢穴并不是它们的家。回来的蚂蚁，准确地找到了受伤的同伴。这次它们互相张开鄂，咬住，然后拐上了另一条漫长的回家路——其实也就 30 厘米。

它们又开始了艰难的回家之路，而属于我的时间已经过去了 3 个多小时。眼看着它们离家越来越近，太阳却一下落在了山那边，我越来越看不清草丛里的它们，只好放弃回家，"愿它们一路平安！"

蚂蚁的世界让我越来越着迷，第二天，我迫不及待地来到草地上。可是，新的发现，又让我琢磨不透。我又看到蚂蚁叼着同伴回家的情形，可是这次不同的是，它叼的是同伴的尸体，而不是伤员。这就让我有点纳闷，这是要叼回去给这个同伴举办葬礼呢，还是作为食物呢？

首先可以肯定的是，蚂蚁同伴身上有同族的信息素，它们不可能将死去的同伴作为食物吃掉。我在一份资料中看到，很多老蚂蚁会死在奔走的路上，而它的同伴会把它叼回洞中，埋在洞的底部。这是一个令人肃然起敬的细节。蚂蚁是一种尽职尽责的物种，这些天来，我看到全是工蚁一刻不停奔走的场景，哪怕是烈日当头，酷暑难耐。它们的生理机能赋予它们强大的奔走能力，可是它们的食量，还有它们的体型，与它们奔走的路程完全不匹配。我仔细观察，它们平均五六秒就能奔跑一米左右，而据科学家实验，它们每天休息的时间加起来也就四五个小时，剩余的时间一直在奔跑。

五

这是我观察蚂蚁的第四天，天愈发热得异样，我隐隐有点不好的感觉，只好合上书早早回家了。果然，傍晚时分，西宁气象台发布了暴雨红色预警。是夜，西宁上空电闪雷鸣，大雨如注，城市里多处被淹。轰隆隆的雷声将我从梦中惊醒，我感到一种莫名的害怕，是灾难来临前的恐惧。但是那一刻，我只为人类担心，并没有关心那窝蚂蚁。

大暴雨过后的翌日下午，我才突然想起它们。这个时候，天气依旧十分晴好，而且久旱的环境突然绿了不少，清新了不少，草地上的花比平时开了许多，也艳了许多。荒草就着这次猛烈的降水狠狠地长了一大截。

草地上到处都是大暴雨过后的狼藉，大雨冲走了能冲走的一切，但是蚂蚁们已经在热火朝天地"灾后重建"了。可是，单单我认识的那窝蚂蚁不知所踪，它们巢穴所在的地方被大雨彻底改变了模样。它们在哪里？是搬走了还是被暴雨冲走了？这场暴雨令人类都很害怕，它们可曾害怕？

寻遍了周围，我没找到那窝蚂蚁的踪迹，悻然而归。这时，天气依然闷热着，一场剧烈的大暴雨并没有消解掉空气中的燥气。时隔一天，我依然不甘心再去找它们。它们垒窝、囤积食物不就是为了躲避这次灾难吗？有时候，遇到下雨天，它们会堵住洞口，所以我期待它们重新打开洞口出来，但是，蚁穴原来的位置毫无动静。它们没有逃过这次劫难吗？可我坚信贝斯顿在《遥远的房屋》中说过的一句话："动物具有某种我们人类无法理解的能力。"我没有丧失找到它们的信心。

大暴雨接二连三在西宁下了三场，挑战着这座城市的抗涝能力，铺天盖地的新闻报道着灾害天气。可怕的是，大雨造成的山洪、地质灾害先后造成30多人的死亡！我突然想，人类遭受了这么大的灾害，那么跟我们生活在一个环境里的其他物种是不是也遭受了灾害呢？但愿它们在灾害面前具有非凡的抗击能力。

我关心着蚂蚁们的抗涝能力，第三场大雨过后，天气并没有转晴，而是淅淅沥沥、时停时续地下起了毛毛细雨。雨小的间隙，我赶紧跑到草地上看蚂蚁。

大雨过后，被强力洗劫过的草地上植物东倒西歪，裸露的地面被大雨冲刷得有点苍白，原本由植物和虫子构造的生机盎然已经不复存在。鸟儿们全部躲了起来，地面上活动的只有灾后余生的几只蚂蚁，它们默默地疏通着被泥土堵塞的洞口。原来到处都是的蚁穴一下减少了一大半。

人类每遭受一次灾难创伤，会至少留下几十年精神层面和物质层面的印记。可是生活在大自然中的其他物种，却时时刻刻面临着大自然的残酷，它们是不是也在哭天抢地，痛不欲生呢？我无从得知。造物主没有赋予它们语言能力，所以它们一直默不作声。我更愿意相信，蚂蚁们没有悲痛，它们热情地生活着，哪怕面对一次又一次的暴雨。所以，我想象它们顶着一次次的灾难，在齐声歌唱：就算生活给我无尽的苦痛折磨，我还是觉得幸福更多……

雨又开始下了，真有点没完没了的让人厌烦。蚂蚁纷纷进巢，个别来不及返回的，在泥泞中赶路。看得出来，今天的蚂蚁行动缓慢，没精打采，它们是沉浸在灾后的伤痛中吗？在反反复复的灾难面前，它们应该是一种什么样的心境呢？

雨越下越大，蚂蚁全部回到了洞里，草地上只留下我一个人。我试图在树下躲雨，等会再去看蚂蚁，结果雨越来越大，树不足以给我庇护，我只好冒雨回去。这是一棵孤零零长在这块空地的榆树，已经有小腿那么粗了，平时我就在这棵树的树荫下读书、看蚂蚁。

回去的路上，遇到邻居一家。看到我被雨淋，他们好奇地问我干什么去了。"我去……"当我要说去看蚂蚁了的时候，突然找了个寻常的借口搪塞了过去。此刻，如果我要说我去保护生态了，他们也许会敬佩我。而我说我去看蚂蚁了，他们肯定会认为我有神经病。当然，我要是给他家孩子说，我去看蚂蚁了，孩子也许会理解。所以，我看了看孩子的眼睛。

六

人生难得半日闲。这个夏天因为让自己闲下来了，所以变得很有趣。低头看书，书里乾坤大。抬头看天，天地一片广阔。再看蚂蚁，不只是小如线头的虫子。觉得它们是这个星球微不足道但又最伟大的存在。现有的化石表明，蚂蚁至少在距今一亿年前的白垩纪就存在，且与恐龙为邻居。可是体型庞大的恐龙最后消失在了进化的尘埃中，而微小的蚂蚁成功进化到了现在，而且数量最多、分布最广，与它们的小和微不足道形成了耐人寻味的大反差。这个星球上，任何生物都在努力通过扩大基因复制，来扩大种群数。这么看来，蚂蚁是这个星球基因复制最为成功的生物，这取决于它们科学合理的组织性和生存智慧吗？

我们人类靠故事和文化维系着复杂的社会组织，每一个社会单元里有相同的故事和传承，有相同的价值观，有相同的信仰，以及相同的道德规范和法律强制手段，但是人类的监狱却从来不缺犯人。不管属于什么样的人类族群，从来都不乏败类、失德者、失信者和叛逃者出现。那么，蚂蚁靠什么把一个动辄上千上万乃至百万只的巢穴管理得井然有序，所有的蚂蚁都尽职尽责，鞠躬尽瘁死而后已呢？

"我所观察的并非是混乱无序、漫不经心的漂泊鸟群，而是一个整齐划一的团队。在这些无数的小脑袋中，似乎传递着某种纪律及团队精神，在每群鸟中都唤起了个体中群体的意识感，赋予每只鸟以移栖整体中一员的感觉。

很少见到离队的孤雁，即便见到，它们也是在寻找自己的雁群。追赶队伍的鸟儿敏捷如风，它们如同长跑者熟识自己的跑道……"贝斯顿描写雁群的这段文字，给我很大的启发，我自然想到了蚁群的集体性，不管是大雁还是蚂蚁，群居动物的个体都有着很强的集体服从意识。

我想起很多年前听过的一个故事，已经是忆海泛黄的故事了。故事说，一辆跑在青藏线上的军车在雪地里抛锚掉队了。正在修车的两名战士突然抬头发现，雪地里蹲着许多狼。两人仓皇躲到了驾驶室里。起初，狼对这个巨大的铁家伙有所忌惮，但是，很快它们发现，这个铁东西一动不动，并不可怕，驾驶室里的猎物却非常诱人。躲在驾驶室里的人认为，狼拿他们没有办法。然而，这是一个有组织的狼群，因此故事才会变得十分离奇。

一匹狼跳上车头，谨慎地凑到挡风玻璃上，鼻子翕动着，嗅了嗅，然后跳下车回到狼群中。狼群经过短暂的躁动后，仍一致对着汽车安静地蹲着。突然，一匹狼加速向汽车冲来，一跃跳上车头，重重地撞在了风挡玻璃上。这沉重结实的一撞，紧接着玻璃上一片血肉模糊，车里的两个人彻底蒙了。还没等他们反应过来，第二匹狼又重重撞上了玻璃，他们听到了玻璃炸裂的声音……

其实，故事讲到这里，至于两名战士如何奋起抵抗，直到筋疲力竭。还是狼群一波又一波发起撞击，直到尸横车头，都已经不重要了，聪明的读者已经明白了我要说什么。是的，我们人类与动物最大的区别在于人类拥有自我意识，而蚂蚁也好，狼也好，在集体意识的支配下，它们所做的一切都不是只为了自己，种群利益大于个体利益。狼已被我们定义为狡猾自私、冷酷残暴，但一涉及族群利益、下一代利益时，自己的利益就会在其次。据牧民讲，豺在行进中如果遇到断崖，就会有一只奋不顾身攀上断崖，其他豺一个接一个咬着它的尾巴往上攀，这只豺有可能最后筋疲力竭而亡。

人类遇到这样的事情，相信所有人在第一时间都会有自保意识，然后在精神的激励、共同信仰、共同的故事下会有人去做，但是也不乏退缩的人和逃兵。所以，如果让我们讲一些关于我们人类自私自利、自我保护、溜奸耍滑、推三阻四、拈轻怕重甚至为了满足一己之利而不择手段的故事，相信任何正直的人都会滔滔不绝，义愤填膺。

一群原始人行进在荒原上，他们按照族群流传已久的习惯和路线去目的地围猎。这时候，两名年轻的成员留在最后嘀嘀咕咕，他们发现附近一座山谷里有更容易捕获的猎物，他们不想和大家分享，就偷偷溜出了队伍……不知道从什么时候开始，总有一些年轻人越来越不服从部落的集体规定，甚至越来越不认为自己是整体自然的一部分。就这样，不知道什么时候开始，人类的自我意识开始萌芽，开始自觉将自己与自然和其他非人类区分开来，并慢慢从自然中脱离，逐渐形成了复杂的多层次的、多元的自我意识，包括小我、私我意识的不断扩大，最终导致这个地球上越来越多的人祸发生。如果仅仅为生存而发动战争，这是动物界中的一种基础本能，而为了贪欲和私欲随便侵占人类、非人类的地盘，剥夺它们的生命，这恐怕只有在人类社会中才会出现。而动物的一切行为都是为了自己种群的延续，个体的生存。除此之外，它们不会有吃了素还想去吃荤，住了山洞还想住别墅的欲望。动物的集体行动只需要王者统一的部署，一声令下，而我们人类的集体行动必须需要一个理由，必须让每一个个体看到利益，行动后面是每一个个体的功利目的，而且这些还需要一个故事去完成。即便这样，还会有个别的人，出现与集体相悖的行为。

"……为了成就大地的意图，它们要忍受何等的艰难困苦、饥饿寒冷，经受何种不惜遍体鳞伤的厮杀搏斗？又有哪种人类有意识的决心比得上它们没有意识的共同意愿，宁可委屈自我而服从整个宇宙生命的意志？"这段话尽管贝斯顿是在说鱼，但又何尝不是在说蚂蚁呢？更是给我们人类的一种警示。他想让我们明白，我们人类只是整个生态系统中的一部分，我们应当从动物的集体意识中反思，不再自以为是，狂妄自大，找回自己的位置，调整我们的行为，服从整个宇宙的生命意志。

七

天终于放晴了，草地在几场大暴雨后恢复了正常，大自然总是能很快恢复活力和修复创伤。除了替那些被暴雨冲走的蚂蚁遗憾（谈不上伤心）外，我的内心又归于平静，继续在草地上读我的书。这个夏天，我对这样一句话有很深的感悟：请从你忙碌的生活、工作，纷杂的电子产品中偷点时间出来阅读吧，别让自己过得那么苍白无趣，别让你走到生命的尽头时，发现自己从来没有像样地活过。

只是我现在养成了习惯，每次来，都给蚂蚁们带点食物，放在脚下任由它们去叼。一边阅读，一边不时看看脚下忙碌的蚂蚁，倒也乐在其中。自从发现了蚂蚁的不易后，我走路都很小心，唯恐一脚下去，毁掉他们的巢穴，不似在顽童时，一泡热尿专浇蚂蚁窝，看着蚂蚁在"洪水"中慌乱挣扎，才提着裤子满意而去。

余光里，总有一些蚂蚁从跟前的那棵榆树下过来，抢了食物又快速原路返回。一开始，我没太在意，慢慢地觉得有点不同寻常。于是，放下书跟在一只蚂蚁后面，顺藤摸瓜，看看是怎么回事。这只蚂蚁进了树下的草丛里就看不到了，但后面陆续还有一些蚂蚁往同一个方向赶。这让我很好奇，一点点扒开草丛寻找。这一看不要紧，竟然让我有了重大发现！

树的根部密密麻麻布满了蚂蚁窝，我的天！原来我始终认为被冲走的那些蚂蚁，连同周围其他的蚂蚁全部搬到了树根下的草丛里！我太惊讶了！这棵树给不了我庇护，可蚂蚁利用它躲过了几次大暴雨！

惊讶过后，我欣喜不已。欣喜的是面对接二连三的大暴雨，它们居然安然无恙。更让我欣喜的是，我发现蚂蚁确实具备了人类无法理解的能力。

这么看来，我所认为的几场暴雨过后，草地上的蚂蚁减少了一大半也是错误的？我赶紧查看周围，好家伙！我欣喜地惊叫了一声。那些消失的蚂蚁有的躲在了树的根部，有的躲在了高处的草根处，还有不远处一个明显高出地面的土包上，是密密麻麻的蚂蚁窝。而且，随后的几天我连续观察发现，蚂蚁在树根和草根下打洞后，树和草并没有出现枯黄的现象，可见它们非常巧妙地利用自然，而且懂得不伤害自然的道理。

看来我真是低估了蚂蚁抗击自然灾害的能力。想想大自然处处充满了优胜劣汰的残酷，一个物种在千万年的进化中，不断在灾难中磨砺和成长，不断积累生存技能和智慧，这些都是我们人类不曾关注，也是值得学习的地方。

我真为它们的劫后余生感到高兴！

八

之后的几天，蚂蚁们渐渐从树根处搬出来，草地上的蚂蚁窝慢慢多了起来。我很愿意到这里读书，有蚂蚁们的相伴，我内心感到一种莫名的清净。而且每次来，我都为它们带些美食，读书的间隙，看看它们搬运偌大的食物，也是其乐融融。

然而，接下来的一幕，让我有一种十分复杂的心情——这一天，我看到这些蚂蚁窝被人踩踏得面目全非！我先是气愤，随后心情复杂。面对眼前的情形，我内心十分复杂。我仿佛看到那些以踩踏蚂蚁窝为乐的小孩中，也有自己开心的身影……

九

这真是一个美妙的夏天，使我时常想起童年时候的夏天。

到了秋天，为生计奔波的我无暇顾及蚂蚁们。眼看马上就要进入一年中最冷的时候了，这两日的阳光非常温暖，我便在阳光下静静地走。冬日，只有几只留鸟还忙碌着，除此之外，大地消停了。我走在小路上，看着沉寂的路面，突然想起，夏季这条小路可是十分热闹啊，尤其是无处不在、忙碌奔波的蚂蚁，此时此刻它们去了哪里？

我开始搜寻蚂蚁，可是很奇怪，空地上一片萧条，空空如也，蚂蚁连同空地上的一切偃旗息鼓了。

沉思良久，我恍然大悟。我居然不知道蚂蚁还会在冬季转入地下生活，难怪它们在夏季那么忙碌，它们在大地食物最充足的时候，要储备好长达六个月的过冬食物。可是，我的知识库里居然没有关于蚂蚁冬季生活的一星半点的储备。如此看来，夏日里的紧迫是为了冬日的从容。夏日里，我没有见过一只偷懒的蚂蚁，它们总是那么匆忙，我总能在路上看到匆匆奔走的蚂蚁。

这个冬天，我还会时常去那里，每次站在那里，无法想象它们在地下生活的场景，于是，静待春天到来……

植物反击

我们来到草原、森林、湿地、山地的时候，从来没考虑过是不是侵犯了谁的领地。在这方面，我们从来以主人自居，我们察觉不到鸟类的愤怒，感觉不到植物的反抗，看不到大自然禁止闯入的封条，不知趣的我们总是大摇大摆、自以为是地闯入。

——题记

草地上原本有几条被踩出来的小路，现在只能依稀可辨。看来自然的自愈能力仅需一场雨，就可以消去人类留给它的伤害。蒿草、赖草、黎、披碱草、田旋花和少量的狗尾草、虎尾草占据了这里，成为这里的主角，它们发挥着各自的优势在争夺地盘。原本那些统一种植的花草被荒草挤兑得无处跻身，没有野性的它们不可能在这样的野性自然中生存。自然中的一切按照自然的规律自由生长，这才是自然。

一

几场暴雨，让草地上的植物很得济。那些在烈日和干旱下一度奄奄一息的荒草，吸饱了水，攒足了劲，似乎一夜之间就蹿到了人的半腿高。而且地面也被植物完全覆盖了，密得看不清情况。这让我想起上次回老家时，看到小时候经常蹿来蹿去的路被茂密的灌木和荒草植物封锁了，就感觉那里有太多未知的危险，我却没有胆量钻进去。这说明这种情况植物是反感人类的闯入的。硬要闯入的话，也许会受到未知的反抗。

"不能进去，小心有蛇！"不远处一位母亲用很惊诧的声音喝住了正要进入草丛的孩子。而我毫不犹豫地起脚进入草丛中，因为之前我已经从这里走过多次了。

我蹚进了草丛里，很快，就感觉到了小腿的不舒服，似乎是来自腿周围很密集的刺和草叶的划拉。尽管不是很强烈，却是非常密集，而且越来越密集，越来越痒。我快走几步，逃出草丛，来不及坐到地上，就赶紧挽起裤子，龇着牙，倒吸着凉气，猛抓自己的小腿。可是越抓感觉越痒，而且痒的面积快速在扩散。痒沿着腿往上蹿，身上其他部位这个时候也乘机抓住机会狂欢。胳膊也痒，后背也痒，肋间也痒……我的两只手已经忙不过来了。最后痒钻进了心里，挠都挠不到。我整个人感觉很痒，却不知道痒在哪里，该往哪里挠。我抓狂了，急得蹦了起来，又跳又跺，甚至问候了植物的娘。

身上很快被我抓得到处都是红血丝，痒却不见缓解。情急之下我突然想起了小时候姥姥教给我的土方法——臭唾沫。我立即蹲下来，吐了唾沫赶紧往腿上摸。果然，一股清凉瞬间进入了我的身体，痒慢慢消退了，我也慢慢安静了下来。我为我的冒失付出了代价——腿上肿起了五六个红肿块，就像是蚊子叮过的。这些肿块和不时的痒持续了一周时间，我用了很多治疗蚊虫叮咬的药，但都无济于事，还不如一口臭唾沫管用，弄得这一周家人见我都掩着鼻子走。

臭唾沫让我想起了过世的姥姥，小时候每次出去为牲口割草的时候，姥姥会再三叮嘱："小心被冰草割了手！"可每次我都会红肿着手回去，我从来就没把小小的草当回事。也许是离开农村太久了，也许是城市生活让我越来越娇气了，第一次让小小的草竟然把我搞得如此狼狈。我一边抹唾沫，一边咬牙切齿地看着刚才走过的地方，怎么可能会这样？我得找出罪魁祸首。

草丛里除了臭蒿草、披碱草、田旋花、鹤虱之类以外，最多的就是冰草。果然还是冰草！冰草在青海到处可见，尤其是东部农区。它有超强的繁衍能力，根在土里横着长，一节一节地，从哪里都能发出芽来。加上它是多年生的，所以是拔不尽的。农夫年年都在除冰草，可很难除尽。最好的办法是在耕地的时候，连根翻起，再把蹿得到处都是的冰草根全部扯起，扔到太阳下面暴晒。可即便如此，冰草在田野里依然随处可见，连牛羊都惧它。

请教专家后我知道了冰草的学名，竟然报复似的大叫"好名字！"——原来冰草学名叫赖草，真形象。

冰草的叶子很坚韧，每一个叶尖就是一枚尖锐的针，会轻易扎进肉里，而且痒随即就会扩散。叶子的两侧和叶面上有肉眼看不到的倒刺，放到手上，就会划拉出明显的血印子，甚至把手划破。这就是人畜都嫌它的原因。

除了冰草，我发现披碱草、益母草为了保护即将成熟的种子，在穗上布满了细针，如果你无所忌惮地接近它们，就会马上被刺痛。除了向你直接亮出武器的植物，还有田旋花也在阻止你的前行，它们左攀右拧，用藤蔓似的茎织密了植物的缝隙。前行中，你需要不断踢断这些绊索，结果鞋子成了草绿色的，想洗掉，很难。

当然，你换一种心态看此时的草地，蝴蝶飞舞，蜜蜂嗡嗡，昆虫来回穿梭，各自安好，自由生长，根本看不到刚才经历过一场很"惨烈"的大战。我突然反应过来，我所经历的莫不是一种植物联手形成的防御系统？在自由生长的野生自然界里，一些地方出现的植物群落，肯定是这些植物相互"协商"的结果，是共生的存在关系。它们联合起来，形成一个共同的防御系统，可以将不应该出现的物种排挤出去，比如人类，比如动物。当然，除了这种合作关系，它们在争夺阳光和水分方面，却是毫不含糊的竞争关系。

二

经历过这次被植物围攻的事件后，我开始有所忌惮了——一个人就这么被草给制服了。

这次事情对我启发也很大，植物之所以能在自然选择原则下进化到现在，也是在漫长的进化史中经历了重重生存考验，慢慢积累和具备了很多生存智慧的。植物是大自然中最初级的营养源，是动物的天然食物，所以在整个食物链中处于初级阶段。其实，所谓的食物链就是第一个物种被第二个物种食用，第二个物种又被第三个物种食用，第三个物种再被第四个吃掉，第四个又被第一个吃掉，如此循环形成链条。

当然，我都知道，从第一个物种开始，不可能轻易让下一个物种吃掉，肯定各自有反抗措施。这样的反抗措施在动物界表现得非常明显。为了防止被雪豹吃掉，岩羊掌握了超强的攀岩能力。为了防止被鹰吃掉，兔子学会绝招兔子蹬鹰。为了防止被藏狐、兔狲吃掉，鼠兔学会了超强的掘洞能力。为了防止被狼猎杀，奔跑是羚羊最好的自保办法……这是不是食物链中的反食链？一方越来越强大，一方的防御能力也会与日俱增，绝不示弱。你的咬合能力越强，我就长得越坚硬。你捕杀能力越强，我的奔跑速度就越快。你的飞行速度越快，我的伪装能力就越强。捕食和反捕食就这样在循环中进化，最终形成神秘的大自然制衡机制。

动物都会有明显的反击行为，可是，不会移动、无法逃跑的植物又是如何反抗的呢？从我的体验看，植物肯定也会反击，而且各有高招。根据观察和探索，我感觉植物众多的反击措施中，物理性防御和化学性防御最为突出，只是我一直忽略了这些东西。这次的植物反击事件后，我才恍然大悟，明白了植物为什么会让自己长针、刺、钩等之类的反击武器，或者让自己变得有毒。从此，我每次漫步大自然当中，都会发现很多植物都有自己的武器，比如赖草的刺尖、倒刺，麦子的麦芒，荨麻叶子上的毒刺等都是一种武器。沙棘、多刺草、柠条、锦鸡儿等大自然中带刺的植物比比皆是。还有让自己变得坚硬，难以啃食，难以消化等也是植物反击的措施之一。其目的就是面对来犯的敌人时，植物不会轻易束手就擒。所谓化学性防御就是植物会合成一些特殊的化学物质，通过让自己有毒、让敌人过敏、发出难闻的味道、让自己变得难吃等办法，让前来觅食的动物包括人类望而却步，敬而远之。这方面曼陀罗、有毒蘑菇、棘豆等植物堪称典范。

我是在草地的一棵小榆树下写完这篇文章的后半部分的。那天天气晴好，风和日丽，我在小榆树下安静地写作，十分惬意。但是，仅仅半个小时后，我就开始打喷嚏。一开始，我并没有在意，人的鼻子总会对大自然里的一些味道做出反应。可是连续打了十几个喷嚏后，我就觉出了异样。这个时候，我的鼻子像感冒了一样很不舒服。我马上意识到，我受到了某种植物的攻击。我立即环顾四周，发现身边是近一米高的黄花蒿草，我刚才就是从它们中间走过来的，身上沾满了它们的花粉，我应该是蒿草花粉过敏了。这个时候，我的鼻子的不舒服加重了，头部也开始隐隐有点痛，我立马拿起书本赶紧逃离。

三

小时候，老人们会给我们传授哪些植物有毒不能吃，哪些植物需要怎么加工可以去除毒素的知识。我想，动物界也是这样一代代传授的，因为我仔细观察发现，牛羊吃草的时候，就会有意避开狼毒、醉马草之类的毒草，即使不小心吃进去，也会很快吐出来。

因为有这些知识的积累，我喜欢到大自然中摘一些可以直接食用且多汁的植物嫩芽吃，比如油菜籽嫩芽、萝卜嫩叶子、马英菜等，但是我经常被辛辣无比的味道刺激得哇哇大叫。我在一株油菜籽上做过实验，当你将它的主秆吃掉后，它就从两侧再长出几株来，再摘它还会长，而且一次比一次的辛辣。

我始终认为植物也是有情感、感知能力、生存智慧的，如今气候变暖、环境污染，人类对植物的干扰等因素在不断加剧，在这种情况下植物肯定会不断调整自己的生存策略，其中一个重要的调整方向，我想就是植物的防卫术正在加强。

后来我发现，像我一样有这种癖好的还有一些虫子。因为在许多虫子眼里，植物刚长出来的嫩芽、嫩叶也是它们最喜欢的美食。我仔细观察看到，有些植物上有被虫子啃食的疤痕，但是很少发现叶子或者果实被啃食殆尽，这是为什么呢？

就像我实验过的油菜籽一样，这是植物的防御机制在起作用。植物一旦遭到个别害虫的侵蚀后，就会立刻释放出防御信息素，植物受损部分的细胞壁上就会分泌出一种物质，来抵制虫子继续啃食植物。很快，这种防御措施起效了，虫子扔下这株植物开始找下一个目标去了。

一只蚂蚁死了

我们眼里的世界只是这个世界极小的一部分，我们每个人生活在由五感反馈的世界里，我们的世界是感官世界。所以，有很大一部分世界我们无法获得，包含人类以外非人类的世界。

——题记

一只蚂蚁掉进了城市的广场，那里对于它就是汪洋大海，不，是一片荒凉的沙漠，是浩瀚宇宙，是毫无生机的死亡之地。

它飞快地在水泥地上奔走，可在我看来，它却是在来回转着圈，像个迷路的孩子，恐惧而焦急。这个过程中，它不放过对每一个缝隙和洞的探寻，可哪里都不是它的家！它进去探一探，然后很快就退出来，继续寻找，如此高频率地重复着。它发现这里没有泥土和青草的清香，没有同伴亲切的问候，更没有巢穴的温暖和安全，有的只是奇奇怪怪的味道和莫名其妙的焦躁。

蚂蚁是过群体生活的，在"家里"它也许只是数百上千只蚂蚁中一只小小的工蚁，或是一只尽职尽责的兵蚁，与同伴们相互依存，在忙忙碌碌中幸福地生活着。可是，是谁把它扔进了城市坚硬的广场？是风还是鸟，我不得而知。总之，离开了大自然，独自进了城市的这块水泥地，等待它的只有死亡。

它依旧转着圈奔跑着，像一台扫描仪，不放过寻找巢穴和同伴的任何蛛丝马迹。可是，这么丁点大的扫描仪，何时才能把这么大的一片广场扫描完，更何况这里本就没有它的家，更何况很多时候它走的是重复的路。它太惊慌了，以至于失掉了蚂蚁该有的智慧，几乎是在乱碰乱撞。它的触角频频撞在坚硬的水泥上，如果这是人，恐怕早已被撞得血肉模糊了。可是它已经顾不上这些了，依旧还是乱跑乱撞。

我静静地盯着它看，它几乎是一刻都没有停歇地在奔跑，在寻找。我不知道它这样已经奔跑了多久，我看不到它停下来的迹象。突然，它停住了，前面是一片树叶，它停在树叶的下面，也许是闻到了树叶上熟悉的自然的味道，也许是树叶下有阴凉。但也就仅仅三四秒的片刻，它又离开树叶奔跑起来。中间有几次它转回到树叶的下面，休息三四秒，然后继续去寻找。后来它离树叶也越来越远。没有树叶的庇护，它也就没有再停下来过。它一步步走向了广场的中央，那里对于它简直就是沙漠的腹地，大海的深处，而此时太阳正在升高。

我出生在乡村，十几岁的时候跟着大人到城市里访亲，结果玩耍的过程中找不到家门了，那一刻惊慌、无助、绝望的心情到现在都忘不了，恐怕也是一辈子都忘不掉了。我不知道，此时此刻这只蚂蚁是不是和我当年一样的心情？

我尝试救它，但是几次它都从我的指缝里逃脱了，我能感受它在指缝间的拼命挣扎,尽管微不足道。我突然意识到,我这是在救它吗?分明是在害它,没等我把它放到有泥土的地方,它估计已经缺胳膊断腿了,甚至被我活活掐死了。

我停手了,可是被我庞然大物一般的手惊吓以后,蚂蚁更加慌乱了,这让我不安起来。我又能怎么办呢?假如我强行把它带离令它迷失的这片水泥地,放到草地上,那就能保证是在救它吗?我能保证在这个过程中不把它吓死或者掐死吗?——它太渺小了。

我抬头看看天,突然觉得,自己生活在城里的这些年,不跟这只蚂蚁一样在四处乱闯吗?不也是多次在乱闯中迷失了方向吗?很早以前,来到这座城市的那一刻起我就迷失在这座城市当中了,多少年过去了,我并没有勇气踏上寻找家园的旅程,我沉迷于都市的奢华中,却日渐焦虑,忍受着内心的焦虑和不安。

已经到了正午,我的后背热烘烘得有点烤,我离开这只蚂蚁,找到一个阴凉的地方去看书。可是,还没看多久,书上的文字变成了那只奔跑的蚂蚁,密密麻麻,到处游走。这只蚂蚁注定是不可能找到家和同伴的。可是,能死在寻找家园的路上何尝不是一种幸福呢?我想起了希腊神话中历经千辛万苦,一直在归乡路上的奥德修斯。

我再次不安起来,合上了书。"至少再去看看那只小蚂蚁吧。"我顺手从身边的树枝上摘下一段爬满蚜虫的嫩枝,蚜虫是蚂蚁的美食。我像一只蚂蚁一样转着圈,手里举着一截树枝,在广场上寻找那只蚂蚁,我的怪异举止引起了行人的侧目。

蚂蚁找不到了，也许早已丧命于行人的脚下了。

但是，我不甘心地在广场上转圈，却在离我最初发现它的地方的五十米开外发现了它。但是，它死了。它六脚朝天躺在地上，六只脚的脚尖还在动，触角还在动——天哪，它还在奔跑的状态中！它把生命中最后的一丝力量都用在了奔跑上。

这只蚂蚁死了。

尽管是意料之中的事情，但它毕竟还是死了，我的心情突然复杂得让我不知所措。一只蚂蚁的死对于这个世界，微不足道到了微不足道。这个世界只有我知道这只蚂蚁的故事，只有我知道它死了，死在了归乡的路上。

作为庞然大物的人类，我能为一只蚂蚁的死去哀伤吗？我举着树枝坐在蚂蚁的尸骸旁，它的六肢偶尔还会动一下，只有我知道那动的意思。

我在广场待了很久，没有人知道我是在为一只蚂蚁哀伤，否则，人们会为我哀伤的……

杂草命运

人类总是以自己的好恶去评判一些非人类生物，一旦被扣以不好的帽子，这些生物就会招来灭顶之灾，地球上很多生物因此而消失，有些生物还在与人类苦苦博弈。

——题记

是毒草变坏了，还是坏草变毒了？

每每到草原，总有人指着狼毒花、醉马草等花草告诉你这是毒杂草。是它们破坏了草原生态，是草原退化、恶化的标志。说久了听久了，这种思想便在我脑子里固化了，于是，我也给别人这么说："这些可是有毒的坏草。"

一

青海湖东岸尕海附近的土壤是远古河床，或者是湖岸线，少有腐殖层，却有很厚的一层黄沙，是贫营养土壤。这里湖水、沙丘、蓝天形成了颜色饱和度非常高的景观，阳光下高亮鲜明。唯独脚下的芨芨草和狼毒花大煞风景。于是，我尽可能上下左右来回调整位置拍照，不想把这些毒杂草摄入照片中，总觉得它们出现在画面中不和谐，因为一个是出了名的毒草，一个是十分顽强的恶性杂草。

随后，我将一簇硕大的芨芨草垛来回捯饬了几下，就变成了一个很有弹性的"藤椅"，坐在上面看着景色，晃晃悠悠，倒也惬意。这时，一群羊低头从前面走过，腾起一阵骚哄哄、热腾腾的沙土。它们对鲜草是贪婪的，往往发现一块有鲜草的草地时，就快速啃食，不肯马上离开。可是，眼前的这群羊低着头，探寻着地面，并快速地移动着，一晃就从面前过去了。羊群中"咩"声此起彼伏，好像互相催促着："快走，这里没啥意思！"这让我有点好奇，探身一看，瞬间也就明白了。这里满滩的都是芨芨草垛，一丛一丛地，占据了靠近湖岸的大部分土地。草垛的间隙里并没有多少可口的牧草可以啃食，甚至有些地方已经被踩踏出沙土。芨芨草滩往山坡上，又是狼毒花的天下，而其他植物稀疏又低矮，有些地方还零零星星地，露出了黄沙，就像一块块癣疤。不远处是湖东沙丘地带，黄沙延绵，赤面朝天。

因为有了之前关于毒杂草的认知，我突然问自己：难道真是因为有了这些芨芨草、狼毒花，这里才变成这样的吗？那些黄沙原本就存在，是这片土地本该有的属性。如果没有了芨芨草、狼毒花，这片土地就该是绿草茵茵吗？除去芨芨草、狼毒花这类植物，其他植物能在这样的土壤里存活吗？我突然对自己之前固有的认知产生了深深的怀疑。而且，这种认知居然持续了这么多年，却在这一刻面临着被颠覆的可能。

我站在青海湖边，开始思索——我要知道答案。到底是因为芨芨草、狼毒花的出现，才使这里的草场退化了呢？还是因为这里的草场退化了，才导致芨芨草、狼毒花大量繁殖？

在大自然的整个生态系统中，每一个物种都有存在的价值和作用，这一点可以肯定。那要不要用好与坏的评判标准去衡量一个物种呢？我们都是听着狼外婆的故事长大的一辈人，狼在我们的心目中恶狠至极，超过了任何恶狠之物。而且，从小我们可以从多种渠道听到狼被大量捕杀的信息，甚至是有组织、生产性的捕杀。然而没过几年，狼的数量大幅度锐减以后，草原生态却相应地出现了很多棘手的问题。事实证明，给狼再冠以"狡猾、凶残、可怕"的名号，它也有存在的价值和作用。甚至有些生活在草原上的老人多年以后开始怀念狼。

如此看来，给芨芨草、狼毒花冠以"毒杂草"的恶名，并有组织地到处清除，这与狼一样，是一件世纪性的冤假错案。

可是，所谓毒杂草为什么会有毒？它们又是怎么变坏的呢？

二

其实，狼毒花、棘豆、马先蒿、黄帚橐吾等这些有毒的植物我是熟悉的，从小就被父辈告知，这些草有毒，不能给牛羊吃。那时候，我生活的地方周围有这些植物。而且经常有家畜误食它们后中毒甚至死亡。它们生长时基本上都是一簇一簇的，比起其他植物高大旺盛，根部肥壮。其中，狼毒，我们叫馒头花，花开时，一朵朵好似小馒头，女孩子可以编制出十分好看的花环来，戴在头上美得不行，但总会招来顽皮捣蛋的男孩抢夺。狼毒花的根又粗又长，剥开表皮，里面是白嫩的物质，看上去很诱人。小的时候比较顽皮，几个玩伴相互怂恿着还尝过狼毒根，微甜，有浓郁的中药味；而关于芨芨草，我倒颇有好感，那时候家里用的扫把、背篼、炕席等家伙什都是用芨芨草编制的，所以我们叫席芨草。不可思议的是，那时家乡的老中医还拿扫秃了的芨芨草扫把根入药治病。家里大人过几年就要在秋天带着干粮去芨芨草滩专门去拔，为的就是为家里增加一些家伙什，或者换几个零花钱。至今我依然忘不掉家里老人们在油灯下编背篓的时光。如今，时代先进了，芨芨草便失去了实际的用途，于是就落了个恶性杂草的罪名；我们把棘豆叫醉马草或者马绊肠，马吃了就像喝醉了酒，四蹄蹒跚，动作不受控制。羊吃了原地打转，口吐白沫。如果误食的量太多，牲畜就会死掉，对于那时候的家庭，就是巨大的损失；马先蒿，我们叫蜜罐罐。发现一片，我们大呼小叫扑上去，揪下上面的花，一个个吸吮里面的花蜜，那一点点本该留给传粉者的蜜，竟可以让我们美美地吧唧嘴。而且故意吧唧出很大的声音，证明我吮到的蜜最多、最甜。

尽管有毒，但还是经常有牛羊或者马驴误食这些植物，这说明它们长得还是枝嫩叶肥，比较诱人的。所以问题是，如果这些植物不让自己有毒，或者让自己变得非常坚硬、难吃，让食者如啮檗吞针，那它们就会遭到大量啃食。

我走过很多草原，发现在牧草茂密的地方，很少看到这些所谓的毒杂草大面积繁殖。即便有，也没到优势种群的程度，而草场退化的河滩、沙滩、干旱的山坡，以及高寒植被稀少的地区，则有它们密密麻麻的身影。祁连草原上，牧人的牧道、扎过帐篷的周围上一年还裸露着，今年染上了一层灰绿，走近一看是一片棘豆。它们不仅出现在生态退化的地方，更擅长在荒芜的、废弃的、破败的、饱受创伤的土地上扎根，疯狂生长，注入自然的气息，装扮绿意。

那么，这里面就暗藏着一个平衡的玄机。

生活在我们周围的所有生物，都是经历了地球大的劫难存活下来的。地球每经历一次大劫难，就会有大批的生物灭绝。只有小部分生物能逃过这种劫难，存活下来后从头开始繁衍。所以，每一个生物都在尽力地活着，尽最大的努力繁殖自己的后代，尽最大的可能扩大自己的种群数量。但是，根据大自然的法则，任何物种的增长都会受到大自然的制约。

根据小时候的经验知道，狼毒花、芨芨草、醉马草根部坚实，根系发达，甚至狼毒花的根系向下都能延伸两米左右。因此，它们吸收水分、土壤营养的能力极强，就更能适应干旱、寒冷的气候，所以它们的抗逆性以及耐寒耐旱能力强大。同时，它们的生命力旺盛，繁殖快，能在高原这样的恶劣环境中生长。

单就尕海这个地方，山坡和湖岸边土壤干旱、贫瘠。如果不是狼毒花和芨芨草，也许这里就会变成炽烈的黄沙滩。所以，是它们守住了这片土地的最后防线，从这个角度说，它们何害之有？

三

原本，健康的草原生态系统中，尤以矮草草群占优势，伴生着其他杂草的草甸植被组成，这样的生态系统本身是平衡的。这些所谓毒草、害草、杂草本身就是存在的，与其他牧草同甘苦、共命运，它们本身并没有想毒谁、害谁。

全球气候变暖，人类过度活动，曾一度导致草原生态的严重退化和环境的破坏。而在生态环境日渐恶化、其他牧草衰退的过程中，毒杂草迎难而上，大量繁殖，坚守在草地上，没有退缩。它们的存在，使草原没有彻底沦陷，它们是草原生态最后的一道防线。所以，如果青海湖东岸没有芨芨草、狼毒花等植物存在，将是更大面积的沙化土地。当然，它们的出现，说明草原正在荒漠化、生态趋于恶化，这是一种灾难性的警示。当然，这说明毒杂草的出现对于草原退化是结果，并不是原因。可有多少人，包括曾经的我都固执地认为，它们的出现导致了草原生态的恶化。

牧草日渐退化，草原只剩它们，而牲畜又想要活命。毒杂草为了保护自己，不让牛羊啃食，所以，这片草地就被人类定义为毒杂草型草原。这样就陷入一个死循环，人类和牲畜越不喜欢毒杂草，越想灭除它们，它们只会越来越毒，越来越顽强，越要保护自己，这不就是物竞天择的根本吗？

当然，我们不得不承认，这些植物就是因为长期在自然选择和人类选择的双重压力下，生存能力才得到高度进化。其实，从生态的角度讲，这是一个物种在进化的过程中演化出的生存能力和生存策略，符合大自然适者生存的自然法则，是属于该物种的生存智慧。

四

青藏高原是一个特殊的地域，极地般的禀赋，让这里海拔高峻，气候寒冷恶劣，氧气含量不足。当然，如此苦寒之地也孕育了一些不畏苦寒、令人惊叹的植物。它们在人迹罕至的雪域荒原驻足，利用自己的生存智慧让这片土地富有生命的活力。高山草甸覆盖了这里的土地，形如这片高天厚土的发肤。其中，由耐寒的多年生草本植物为主，也有大量的伴生植物，比如多年生类杂草，包括毒草。它们的根系互相盘结，联手形成了草甸坚实的结构，共同构成了青藏高原高寒草甸生态系统，形成了一个令人类惊叹的生态世界。而这一生态系统通过吸收大气中的化学物质，输送清新空气到大自然中，并牢牢固定住了脚下的土壤，提高了土壤抗冲击能力，让山河无恙。高寒草甸还通过自循环节流降水，对下游河流径流量进行调节。

但是，高寒草甸很脆弱，自身调控能力低、恢复难度大，一旦受到伤害，其生态作用就会大幅降低。所以，对于青藏高原来说，高寒草甸的生态系统一旦出现问题，造成的恶劣后果不言而喻，甚至整个区域的生态系统都有可能陷入崩溃。所以，对于高原来说，高寒草甸是高原生态的最后一道屏障，就如人的发肤，皮之不存，毛将焉附？

那么，被人类深恶痛绝的毒杂草在这个植物群落中也会被其他植物排挤吗？其实，一个生态群落间，是多少年进化出的一种关系。这种关系是相互作用，相互影响，协同进化。在这个系统中，根系发达、抗旱抗寒能力较强的毒杂草发挥的是中流砥柱的作用。它们利用自己的优势防止土壤侵蚀，提高土壤肥力，促进养分循环，促进生态恢复，防止病虫害。它们是保护草甸的主要力量，是重要的生物资源。尤其是在生态修复、草原恢复中，狼毒花等植物往往是先锋，是勇士。

如此看来，毒杂草和其他植物之间是协同进化、相互促进的共生关系？

没错，在大自然当中，共生现象无处不在，是生物界一种最为普遍的现象，同物种、不同物种之间为了生存，或互利共生，或寄生在一起。因此，中国自古以来就有万物合一，互为因果，相互嵌入和融合，共同成长于天地间的理念和智慧，认为共同体共生才是宇宙的本质。所以，大自然当中的所有物种相互依存，彼此改变、延续和进化，使我们的星球形成了价值多元、物种多样的精彩局面。鼠兔也好，毒杂草也罢，任何生命形式的存在皆合理，并理应得到尊重和关照，而不是除之而后快。

可是，事情就非此即彼这么简单吗？

其实，促进这个世界发展的除了共生，还有竞争。大自然当中，同种之间、异种之间的竞争无时无刻进行着。生物们在争阳光、争水分、争土壤、争营养、争生存空间上各显神通，各有高招。所以，这就是大自然的神秘之处，这种神秘秩序的存在，维持着大自然的平衡。

因此，所谓毒杂草与周围其他植物之间除了共生关系，还有此消彼长的竞争关系，因此形成了大自然的制衡机制。在与周围其他植物竞争方面，毒杂草具备了优势，甚至它们还会对其他高寒草甸植物的生长具有一定的抑制作用。再加上毒杂草在耐干旱、抗高寒方面具有优势，才会在很多地方出现面积不断扩大的现象。特别是在干旱、退化的草场上蔓延严重，成为退化草场的优势种群。也就是说，草场生态退化致使这些植物失去了可以被制约、被制衡的对手。最终的根本原因还在人类，而人类却归罪于杂草。

五

小时候，我们一帮小屁孩认为大蓟是九头妖魔的化身，见了就拿出铲除妖魔的精神，挥舞棍棒，痛杀妖魔。长大后才知道，它是一味中药，但因为多刺，牛羊不食，不被农牧民待见。祁连山腹地黑河源地区的老人们告诉我，过去牧区交通不便，药草匮乏，于是当地少数民族医生就拿这些毒草给人治病，效果还很好。聪明的中医、蒙医、藏医利用毒草的药理作用治病，且形成了博大精深的一套理论，是中国古老文化的智慧体现。

这么看来，所谓毒杂草的定义，取决于定义背后的文化。当有人对狼毒花深恶痛绝的时候，有人却把它当成了宝——狼毒花制成的纸，经久耐用，不怕虫蛀鼠嚼，可存放千百年之久且完好无损，所以就成了寺院印制佛经宝典的绝佳用纸，被认为是虔诚心制作的圣洁之纸，配得上经文古典的佛情。

思考到这里，我豁然开朗，也为自己的无知倍感惭愧。利奥波德说：像山一样思考。此刻，我才明白了这句话的深刻含义。

依着植物的进化和生存智慧，人类不应该简单地认定一个植物就是坏草。认为对人类有益的就是好的，对人类无益的就要被视为异端，除之而后快，这都是因为没有从"山的角度去思考"。

这个星球上，所有生命形式，包括人类的生命、非人类的生命甚至非生命的事物，都是互相纠缠交织而存在的。都在互相竞争、协作、共生、共栖中彼此改变，互相演化，不断延续进化，不同的生命形式理应得到相应的关照和尊重。比如，连人和病毒、细菌都能在一定程度上达成共处协议：人体内有数百万甚至千亿数量级的细菌存在，人体 8% 的 DNA 来自于病毒。没有了这些细菌和病毒，人类就不可能更好地进化。

六

写这篇文章，我翻到了一则新闻，说某地召开了灭除毒杂草的工作部署会。这让我五味杂陈，甚至有点手足无措。我不得不停止写作，在网上查询相关的讯息，结果还真为所谓毒杂草的命运担忧不已。

其实，主观地判断一种物种的好坏，并加以简单粗暴的干预，这样的事例在我们身边真还不在少数。就比如曾经轰轰烈烈的灭"四害"运动，就像曾经大张旗鼓的打狼运动，还有如今大面积的草原灭鼠和除毒杂草运动。可是，草原狼曾被围剿得无处藏身，却给了草原鼠兴起的机会，甚至有些地区因为动物腐尸引发了疫情。人类与鼠类博弈了几个世纪，如今鼠类依然生机勃勃，族群兴旺。麻雀曾一度被消灭完了，而虫子铺天盖地扑来……

无独有偶，与一位牧区工作的朋友打电话得知，他正在草原上搞灭除毒杂草和灭鼠工作。我本想给他讲这篇文章的内容，但一时语塞。

在电话里，就他的工作聊了很多。发现关于灭鼠和灭草工作，不同利益相关方对此问题持有不同的价值认同。保护机构的观点是生物多样性保护优先，而一些地方政府从畜牧业发展优先这个角度来考虑问题，认为灭除毒杂草可以维持畜牧业的可持续发展。而牧民的态度平和了很多，他们深知这些毒杂草对牛羊的不利。但在他们的传统认知里，认为它们有存在的合理性。但是，在各方利益的胁迫下，越来越多草原牧人放弃传统智慧和认知，居然也加入了灭除行动。

"没办法，草场退化得厉害啊！"朋友的话让我十分感慨，看来人们在错误的道路上越走越远，忘记了人类该有的智慧。

有一天，在祁连山里与一位叫索南的老人聊天，他一语道破天机：其实，草原的草长得好了，老鼠自然就少了，因为鼠目寸光，它们根本不敢在高于它们的草丛里生活。而且，如果草场的草长得好了，各类草的数量是相当的，没有什么毒杂草可灭。

是啊，这其实是一个十分浅显的道理：如果高寒草甸生态系统健康了、平衡了，草甸中的植物各归其位，重新达成和解，一切问题还需要这么费解吗？

乌鸦部落

我们中的大部分平时无法接触和了解到它们中的大部分。但是，它们总是用最真实的、最神秘的方式创造自然艺术，让我们感动，装扮我们的环境。它们用生命的脆弱性让我们感到神秘，告诉我们生命的意义和神圣。

——题记

一日清晨，发现一队乌鸦从窗前飘过，飘向远处，竟然另有几分美感，甚至几分诗意。看那黑色的一抹诗情画意向远处滑去，引得我从此有了观察乌鸦的想法。

一

之后，每日太阳刚刚照进小区的楼宇间时，我准时开窗。静静看这队乌鸦从眼前滑过，成了我每日必开窗的理由。目送它们向西而去，那分别样的诗意让内心清凉。

由乌鸦带给我的美感从此在心里扎了根。恰好书架上有一本《乌鸦简史》，便迫不及待地拿来读。这一读，竟然颠覆了我先前甚至根植于我文化根脉里的许多东西。在我所接受的传统文化教育中，乌鸦是一种并不受人们欢迎的鸟类。记得小时候，一旦有乌鸦落在墙头，并发出刺耳的"呱"的叫声时，姥姥便十分恐慌，大惊失色地大声咒骂和驱赶乌鸦，还把没收了的弹弓拿出来，怂恿我们这些顽童驱打乌鸦。饱受岁月磨难，目睹了一个个亲人在非正常情况下离世的姥姥，内心时常是恐慌的，对乌鸦能带来霉运的传言深信不疑。在这样的环境长大的我，看到乌鸦或听到乌鸦的叫声时，自然也会在心中产生几分不好的感觉。

可是，比起其他任何一个长得更好看的鸟类，乌鸦却频频出现在很多地区和民族文化中，而且扮演的角色非善即恶，非恶即善。这究竟是怎么回事呢？

在不同的文化背景里，乌鸦时而凶时而吉，竟扮演着不同的角色。但在大部分地区，乌鸦是不受人们待见的。因为乌鸦是食腐性鸟类，经常以尸体为食，加上它浑身漆黑的羽毛，就被一些区域的民族认定为是不吉祥的鸟，它的到来会带来死亡或者霉运。有些地区认为乌鸦就是恶魔，或者是恶魔的助手。当然，在有些地域文化中，乌鸦并不都是不吉祥的、不光彩的，甚至还是一种神的形象。这些地区赞赏着乌鸦，认为乌鸦是大自然的清洁工。在希腊，乌鸦就被奉为治愈之神、语言之神、太阳神阿波罗的圣鸟。在北欧的神话中，乌鸦是好战的众神之王奥丁的耳目。在藏族原始宗教中，乌鸦是通天先知的神鸟，是替神传达旨意的鸟，是神的使者，有些藏族神舞中还有乌鸦的形象。古代藏族人还用乌鸦的叫声来占卜吉凶。还有些地方，将乌鸦反哺，誉为一种美德。《禽经》中说：慈乌反哺。慈乌曰孝鸟，长则反哺其母，大嘴鸟否。李时珍《本草纲目·禽三·慈乌》中说："此鸟初生，母哺六十日，长则反哺六十日，可谓慈孝矣。"出土于四川金沙遗址的著名文物"太阳神鸟"中的神鸟，被人认为就是被古代称作金乌的乌鸦。

总的来说，这种黑漆漆的鸟，在众多色彩艳丽的鸟类中显得很特别，它不但在地域上分布区域很广，天南海北都能见到不同种类的乌鸦，几乎分布于大半个北半球，恐怕是世界上分布最广的鸟。而且在文化中，它也是出现频次最高的鸟类之一。

二

接近乌鸦、观察乌鸦、了解乌鸦，这样的事情，如果姥姥还在世的话，必遭其怒骂，很愤怒的那种。父辈们唯恐避之不及的东西，在我这里却要无限制地去接近。这样的事情有时候我自己也觉得十分有趣，当然也具有很大的挑战性。因为，这本是一个很熟悉却又很陌生的话题，是文化偏见导致我们对乌鸦这样十分熟悉的鸟类一无所知。

摈弃了文化偏执，我看到的乌鸦居然是一种可爱的鸟类，黑漆漆的可爱。

冬春季节，山里比较寒冷，这些乌鸦就栖息在城市的楼宇之间，白天不知去向。夏天它们就生活在空地上，因为这里有大量的植物和昆虫。每天清晨，当我到达这里的时候，它们已经在这里了，所以我一直不知道它们的巢在何处。它们勤奋地觅食，直到空地上走来很多散步的居民。这时，它们会飞到附近的树上，忍受着被人类打扰的无奈。随后，它们互相呼唤着，向西飞去，估计是去了西山，那里有没人类打扰的山谷。直到傍晚，这里归于平静后它们才会回来。

栖息在这块不到一平方公里空地上的，是秃鼻乌鸦的一个种群，我称它们为一个部落。因为，这个种群具备了像人类一样的部落文化属性。这个部落大概由四五个家庭组成，它们时而整个部落待在一起，数量保持在 30 只左右。时而以家庭为单元散布在空地上觅食。直到傍晚，它们就会聚集在一起，飞向西山。由于一色的黑，我很难辨识出它们中的个体，但是隐隐地我能感觉到，它们是有鲜明的社会组织性的。但是想要探究它们的社会组织性，就需要分别出它们的个体，以及每个个体在这个组织里的角色。个体识别和跟踪需要长年累月的付出，甚至要借助一些科技手段和设备，这对我来说几乎没有可能。我只能一次次靠近它们，静静观察它们的一举一动，从中发现一些有趣的事情。当然，这样的观察还是很有意思的。

三

它们每天啄食这块空地植物的嫩芽，如果有一只偶尔捉到虫子，旁边就会有两三只乌鸦抖动着翅膀围过来争食。观察这些细节时，我突然明白过来，原来那每次捉到富有营养的虫子都要四处张望的是父母，而抖动争食的无疑是孩子。果然，抖动翅膀撒娇的乌鸦个体明显小于父母，它们始终跟在父母周围，学习觅食和飞行。有时候，父母会把一段植物嫩芽或虫子塞进它们嘴里。没错，这个季节正是它们育幼的季节。

这个时候，这个部落的成员有点鼓噪，一直发出各种不同的声音，但到了七月份，它们就变得很安静了，每天安静地觅食，只是偶尔呼唤一下同伴。不知道是不是幼崽成熟了的原因。

听这些声音多了，我居然也能分辨出这些声音的大概意思来。第一种声音是父母护幼的声音，任何动物在育幼阶段都会很敏感，警觉性高，乌鸦也一样。当你靠近它们的时候，它们就会发出果断而洪亮的"呱"声。这声音里有警告、驱赶和愤怒的意思。因为，我每次试图离它们近一些的时候，就会有一只成年乌鸦死死盯着你，"呱呱"地叫。甚至面向你，亮出它的大喙，并努力让自己的羽毛爹起来，让自己看上去很壮硕。但是，面对体型大过它百倍的人类，它最终还是选择招呼同伴逃离。临走，还不忘"呱"地骂你一声。

第二种声音是招呼同伴或者孩子的声音。同样是"呱"声，但这个音调比第一种稍长，且柔和很多。"呱——"声带着尾音，且尽量向着远处。第三种是幼鸦的声音，它们向父母撒娇的声音，是短促且连续的"呱"声。但更多时候它们发出的是因为肚子饿，向父母讨食的声音，"呱呱呱"的，有点黏父母的感觉。

五六月我看到的情形是，父母总是不厌其烦地往它们嘴里塞食物。但是到了七月，等孩子长得跟它们差不多时，父母就开始有点烦它们了，会驱赶它们，让它们自己独自去觅食。这个期间，飞来一群七八只红嘴山鸦组成的家庭。比起空地上的这个乌鸦部落，红嘴山鸦的孩子们简直就是土匪，就是饿死鬼，它们一刻不停地抖动翅膀，"嘎嘎"叫着向父母讨食吃。比起"空地部落"，"红嘴山鸦部落"的声音尖锐又鼓噪，盖过了空地上所有的声音，好在这个"红嘴山鸦部落"只是过客。

同样是在这片空地上栖息的灰斑鸠，却总是很安静地在觅食，从未听见它们叫过。它们像极了我们身边的一些老实人，默不作声，闷头干活，心态很好，偶尔冲你憨憨一笑。

四

随后的探究让我感觉很惊讶：乌鸦远比人类想象得还要聪明。我想，之所以频频出现在很多民族文化中，这跟它们的聪明不无关系，因为聪明，所以产生了很多耐人寻味、流传千古的故事。

长期以来，人类认为制造和使用工具被认为是智慧的象征，是了不起的进化，是人类独有的专利。然而科学实验发现，在近万种的鸟类中，不起眼的乌鸦是被确认会使用工具的鸟类之一。小时候，我们学习过乌鸦喝水的故事，很多人都在质疑其真实性，质疑乌鸦真有那么聪明吗？但是，科学实验发现，在面对食物的需求时，乌鸦能做出很多令人瞠目结舌的动作，包括喝水。在进化的过程中，乌鸦也得到了造物主的特别照顾，也有一颗聪明的脑子。

我在观察的过程中，有人拿着自己养的红嘴山鸦来到空地放风，看到红嘴山鸦和人居然达到非常默契的互动。放飞后，人只要呼叫它，它就很快飞回来。而且黏在人身上索要食物。据养它的人说，加以训练，红嘴山鸦就像八哥一样，也能模仿人的声音。

乌鸦是群居性鸟类，不管是使用工具、模仿人的声音、反哺行为，还是复杂的社会关系等，都是需要我一一去解密的，我总是期待着真正走进乌鸦的世界里，了解它们的神奇世界。

五.

八月份，西宁的天气异常闷热，随后出现了接二连三的大暴雨，乃至山洪和地质灾害不断。这个时候，空地上的乌鸦、灰斑鸠连同其他鸟都不见了，只有十来只喜鹊活跃着。喜鹊有架在树上很牢固的窝，加上茂盛的树叶，足以抵挡暴雨。看来乌鸦感知到了城市太过闷热的夏季和连续的大暴雨，选择了别的地方。那它们会躲到哪里去呢？我抬头看看远处祁连山的余脉，那里有很多远古的山谷，我敢肯定，乌鸦部落去了那里，就决定去那里找寻它们。

九月初的一天，天气晴好，西宁终于在几场初秋的雨后凉爽了下来，我准备徒步进西山去找寻乌鸦部落。西宁西山是祁连山的余脉，与南山一并位于西宁的南面，与北山形成了两山夹湟水河川的地理格局。在远古洪水的冲刷下，南北两山形成了多条横向的山谷，我选择了就近的一条山谷。

今年的老天确实不吝啬，给原本干渴的西山供足了雨水，山里所有的路都被荒草占领了，很有底气地向不友好的闯入者宣告禁令。我在齐腰高的荒草前犹豫再三，在做好了一切防护措施后，决定强行闯入。满山谷的荒草盘根错节，密不见地面，我只好用徒步手杖一点点试探着前行，总害怕草丛里会突然冒出个什么来，或者草丛地下有沟渠。想想小时候，越是这样的荒草地，越是我们的游乐场，可现在怎么就惧怕起来了呢？我一边走一边自嘲地摇摇头，我和自然已经生疏到了这个分儿上了吗？

草丛里大量的蚂蚱随着我的脚步起起落落，这可是鸟类最富营养的美食啊。

再看看周围的草丛里罕有人迹，寻不到一条现成的路——谁愿意到这荒山野岭来呢？在我一点点试探着前行的过程中，突然听到了红嘴山鸦嘹亮的叫声"嘎哇——"这声音很悦耳，很有穿透力，叫一声，山谷里就会有悠悠荡荡的回声。我仔细听了一会儿，认为它们这是在唱歌。在这风和日丽、天高气爽的日子里，在这衣食无忧、无人打扰的环境里，干吗不歌唱呢？

一听到这个声音我开心了，我坚定了自己的判断，秃鼻乌鸦也肯定在山谷里。但是，我翻越了几个山梁都没有见到乌鸦部落的身影，探寻的热情自然降了几分。

站在一道山梁上，山风吹来，撩动衣角，几分诗意涌上心头。恰在这时，一对秃鼻乌鸦悠闲地扇动着翅膀，从我身后的山谷飘向对面的山梁。此情此景亲切、悠远、宁静，富有诗意。人在山梁，乌鸦缓缓飞过，山风撩动衣衫，此时此地，该有诗人的参与才对。

目送它们落在对面的山梁上，我开始探寻其他乌鸦部落成员。满山齐腰的荒草，我不确定能否找到它们。我仔细侧耳捕捉它们的声音，可只有红嘴山鸦或远或近的歌唱，没有秃鼻乌鸦的声音。是它们很安静，还是不在这里？此时的山谷里满地的蚂蚱，植物种子业已成熟，兴许它们都忙着进食，为即将到来的冬天在做准备。

继续往前探寻，又陆续看到几对乌鸦被我从草丛中惊起，它们飞起来又不远处落下，但是一落下我就看不到它们了，草丛实在是太茂密了。这让我无法观察，无法看清它们是不是我熟悉的那个部落，也看不到它们在干什么。我能判断的是，这个季节它们的孩子应该已经独立了，它们抓住这个食物充足、天气晴好的日子，过过二人世界。

时隔几日，我再次进入这座山谷，为了达到观察的目的，我攀上了对面更高的山。为了到达最高点，我计划穿过一片林地，到达可以俯瞰这座山谷的一处高台。

穿越林子时，我搜寻着周围，期待能顺便观察一下鸟类，但是我很失望，林子里除了我，什么活物都看不到，一片死寂。此时，山下高速公路上车水马龙，声音很大，整个林子里全是高速公路转过来的噪音，一波高过一波。莫不是这个原因，鸟儿们才不愿意在这片林子里待着？山不在高，有仙则名。林不在大，有鸟就活，这片林子没有鸟，死气沉沉的，也没有我驻足的理由，我加快步伐穿林而过。

到达一块可以俯瞰脚下山谷的高台时，我眼前顿时开阔起来。我左侧是城市，右侧的山谷向纵深延伸着，远处一片云雾。我坐在山顶，打算这一下午就这样度过。因为我坚信，走马观花的过程，自然不会给你呈现什么秘密和精彩，你必须融入自然，与自然一起经历春夏秋冬，风雨雷电，爱恨情仇，她才会彻底向你张开胸怀。

我开始搜寻乌鸦，并努力用耳朵捕捉它们的声音。山谷里喜鹊、红嘴山鸦、环颈雉、百灵的声音此起彼伏，中间偶尔夹杂着一两声秃鼻乌鸦的声音。当我想仔细分辨这些声音时，却被城市那边传来的噪音淹没了。此刻，我的左侧是汹涌的城市噪音，右侧是大自然的声音。而脚下是一条通往垃圾填埋场的公路，每隔几十秒就有一辆垃圾车拖着沉重的厢斗驶进山谷。

也许是被垃圾车散发出的味道吸引，偶尔有秃鼻乌鸦飞到路边，但是发现车斗是全封闭的，它们找不到食物后，又飞走了。大约在五点的时候，一只秃鼻乌鸦从靠近城市的那片林地飞过来，飞到山谷中一边鸣叫，一面擦地来回飞行，直到另一只同伴回应后，它们一同飞向了山谷的纵深处，也许那里有它们的巢。

它们会在什么地方筑巢呢？我看到谷底悬崖上的几个洞，那里会不会是它们的巢呢？我决定去一探究竟。

下到谷底，发现谷底还有一条溪流。有水的地方总该会生机盎然，这恐怕是栖息在这里的鸟类的一个福音。跨过小溪，我来到一处有洞的山崖下观察，却闻到了一股令人恶心的味道。原来是小溪发出的味道，再看谷底满地各种垃圾，我兴趣骤降，相信乌鸦也不会在这样的地方筑巢的。我决定快速离开这个地方，一刻都不再停留，真是糟糕的一次观察经历。

六

因为那次糟糕的观察经历，我有很长一段时间没有去观察乌鸦，直到冬季来临，大批的乌鸦进城。

数千上万只乌鸦栖息在城市一处四五百米的街道树上，于是，夜里，这条街长满了结着黑色果实的树，沉甸甸的树枝一串一串的。乌鸦们互相拥挤着，不时出现一阵躁动，街道两边几百米之外的树是空闲的，但它们宁可挤在一起。大多数的乌鸦蜷缩起来，静静地想早点睡去，毕竟辛苦一天了。可城市的夜不可能是宁静的，不时有行人或者车辆路过，看到这壮观的景象，总要故意弄出点动静来，引得乌鸦躁动一阵子。有时候突然几乎全部都飞起来，重新调整一下地方，迫不及待地安静下来，接着进入梦乡，续梦。羽毛和喙在城市灯光下，反射着金属光泽。

恐怕城市安静不下来，它们也就睡不安生。可城市总是会发出一些声响来，动静的大小，决定着乌鸦躁动的幅度大小。真很难想象，相对温暖的城市，却给不了它们安稳的睡眠。

提前选择了理想之地的乌鸦，缩起脖子，蓬松起羽毛，进入了梦乡，它们除眨一下眼睛外，紧紧抓住树枝一动不动。我知道，此时它们大脑的一半是清醒的，随时应对出现的危险，而另一半在休息，且隔一段时间，两半个大脑交替休息，科学家把这种现象叫半球慢波睡眠模式。而且鸟类的一次半球慢波睡眠非常短暂，只有几分钟。之后，它们又采用更加短暂的快速眼动睡眠，一次只有几秒钟。这就说明即使在飞行时，它们也可以完成一次快速眼动睡眠，所以这就是有些鸟类长时间迁徙飞行而不休息的原因。

观察它们的夜间，我穿了厚厚的棉衣，却抵挡不住寒冷。为了保存身体的热量，我也是缩着脖子的，可我在户外连一个小时都待不了，就迅速逃回了暖气屋。所以，我实在佩服鸟类的御寒能力，早已退化了毛发的人类只能靠暖气屋度过漫长的冬季。

天一亮，大群的乌鸦分成数量不等的小群撤离城市，分散进了周围的山谷里。

但有个别的乌鸦留在城市里，它们落在路灯上、楼宇之间的建筑上，留下来的乌鸦里有我一直跟踪观察的部落。我想，吸引它们留下来的无非是食物，可是现在城市保洁工作越来越高效了，它们能找到食物吗？

我看到一只乌鸦飞进了路边的一个小区，我判断它肯定是看到了食物。我赶忙拐进这个小区，去跟踪它。果然，小区保洁正在倒运垃圾，地上摆放着十几个敞开口的垃圾桶，地上也堆着一些垃圾。这只乌鸦从垃圾里挑拣出了巴掌大的一块肉，叼到了一旁。显然，它想运走这块肥肉，但是有点难。它啄食了两口后，望望周围，突然从垃圾堆里拖出一个破损了的塑料桶，拖到肉跟前，将桶盖在了肉上。然后，看看周围有没有同类在偷窥。又不放心地把塑料桶挪开，重新摆置了一番，然后到垃圾里寻找其他食物。

然而，活该它倒霉，房子里出来了四五名保洁人员，他们开始处理这些垃圾桶，连同乌鸦藏的肥肉一起处理掉了。乌鸦"呱"的一声，悻悻地飞上旁边的屋顶，很不愉快地蹲在那里。

七

这天是大寒，乌鸦部落突然出现在了空地上。零星的鞭炮声和偶尔路过的市民及宠物，使它们无法安心地在空地上觅食。再说，经过了秋天到冬天，这块空地上的草籽早已经被喜鹊、麻雀们啄食殆尽了。那它们这么早就来到这里想要干什么呢？

它们安静地蹲在旁边的路灯杆上，看上去很耐心的样子。它们所图为何呢？

我突然想到，今天已经是腊月二十九了，它们在耐心等待着饱食祭品！果然，空地已经有了一些烧过纸的痕迹，里面的祭品很是丰盛。

时隔几日的大年初三，是人们送神、上坟的日子。空地上，有很多人正在烧纸遥祭。乌鸦部落不知去向，我细细地观察了四周的树木、楼宇，都没有发现它们的身影。大约过了一个小时，空地上烧纸的人稀少了，这时阳光暖暖的。但是这也就是青海的冬天，对着太阳的一面暖暖的，背对太阳的一面冰冷冰冷的，所以我不得不转着身体晒着太阳，等着乌鸦部落。

突然，我看到了一只乌鸦的身影，它在空地上闪了一下就不见了。我不再等待，决定主动去寻找这只乌鸦。我沿着空地周围的树木寻找它的时候，突然看到它和另一只乌鸦落在了空地上，我在慢慢靠近它们的同时，其他乌鸦不知道从哪里冒出来，陆续落在了这两只乌鸦的周围。但是喜鹊不高兴了，"喳喳"地咒骂着，内容我想无非就是骂乌鸦抢了它们的地盘或者食物。我粗略地数了一下，这群乌鸦大概有三十只。它们围在一堆祭品跟前大快朵颐。还没等我靠近观察它们，两个路过的行人惊起了这群乌鸦。它们落在旁边的树枝和路灯杆上，半天不肯再下来。大约十几分钟，有一只乌鸦飞向了空地的另一头。随后，其他乌鸦也纷纷飞到那里。

后面几次都是如此，我突然明白过来，在危机四伏的城市里生活，它们每次落地觅食，都会先派出一两只乌鸦充当侦察兵，确保安全后，大群才落地。可是，这个过程中它们是怎么交流的呢？

过了一周时间，这个乌鸦部落的数量达到了四五十只，它们聚在一起，等候机会，啄食空地上丰富的祭品。我很好奇，这群乌鸦相互之间是什么关系？是不是亲族关系？食物是它们聚在一起的纽带吗？

由于乌鸦的杂食性，这块空地上的祭品很快在消失，如此看来，乌鸦成了这里的清道夫。可是，待在这里的乌鸦并不安生，不时经过的人，总是干扰它们的进食，也使我的观察频频被迫中断，于是，我便想，谁才是这里的主人呢？草、鸟、虫都不是，当有一天轰鸣着的推土机一过，这块临时的栖所就会被钢筋水泥、柏油马路所覆盖。作为人类一份子的我是吗？如果是，我则惶惶不安。欣慰的是，我至少是个受益者，这里的虫、鸟、草给了我很多写作素材，乃至思考、读书、写作的理想场所。没有了它，作为一个自然写作者，我就得去城市之外十几公里处。离开自然，谈什么自然写作。

八

除去文化因素外，这么多乌鸦在城市过冬，甚至一些乌鸦留在城市里生活，这会不会造成传染病传播？抑或对城市林木病虫害防治等产生正面影响力？到现在恐怕没有机构给出答案。一开始，环卫部门想了很多办法，也没有将乌鸦从城市里驱离，到最后只能无奈地默许它们存在。另外，从乌鸦的角度出发，生活在嘈杂的城市，与人类朝夕相处，啄食人类的垃圾，对这一物种会不会产生正面的或是负面的影响呢？根据达尔文的进化论，促进物种进化的一大原因是自然选择。栖息环境、觅食环境、生活环境等自然条件的变化，势必会对一个物种产生影响。我不知道，未来会不会出现一种秃鼻乌鸦的亚种——城市乌鸦。

空地上的乌鸦数量很快发展到了两三百只，但是大多数时间它们总是被人干扰，只能静静地待在树上，只是偶尔利用间隙落下来觅食。也许是对地上食物的留恋，也许目前正是食物的青黄不接期，它们贪恋着地面的食物，不肯离去。

在人们的普遍认识和很多文章中，乌鸦的叫声此起彼伏，聒噪难听。但是，我发现，绝大部分时间它们是沉默的，偶尔在呼唤同伴或者受到惊吓时叫两声。昏鸦争噪，这是古人入微的观察。的确，乌鸦在黄昏时会呼儿唤女，去栖息地过夜。但是大部分时间里，它们安静并不鼓噪。也许它们很有自知之明，唯恐自己难听的叫声引起城市居民的不满，招致驱赶。毕竟人类才是这里的主人，入乡随俗的规矩乌鸦也懂。

相对于无事不出声的乌鸦，喜鹊和麻雀却是话痨。喜鹊像极了碎嘴且刻薄的市井女人，有事没事，鼓噪烦人，可民间偏偏却喜欢这种声音。像我姥姥，早起，见墙头有喜鹊喳喳不休，就眉开眼笑，开心一天。所以民间有"抬头见喜"的民俗，而青海有谚语说："喜鹊喜鹊喳喳喳，你们家里来亲家。"恰逢这天有客来访，便大呼小叫道："我说喜鹊叫着哩！"再说那麻雀，叫声非常平民，充满了烟火气，似内地的知了声，一波一波，此起彼伏，尤其酷夏时节有点烦人。可是阡陌之间，没有了它们的鼓噪却又显得孤寂，死气沉沉没了活气。所以，绝大部分时间里，人们把麻雀的叫声当成了人间烟火气里不可少的内容。而乌鸦和喜鹊的叫声，一喜一悲，映射着人们的内心。

这两三百只乌鸦明显是由若干个群落组成的，一旦遭到大的惊扰，它们会各自分开，相互召唤一阵后，形成三四个群落。夜幕降临后，它们会飞到一公里外，和大群乌鸦汇合，一起过夜。看来，乌鸦最小的组成单位是一对夫妇，再大一点应该是有亲缘关系的族群。然而，为了觅食、过冬、抵御天敌等共同的目的，乌鸦可以形成可大可小的联盟群体。而平时具有亲族关系的二三十只的群落，是相对固定的部族。

九

这天天气阴冷。想想这种天气空地上肯定没人，无人干扰正是观察乌鸦的好时候，我便拿起望远镜出门。

但是，很是失望，空地以及周围的建筑、电线杆上没有乌鸦的踪迹。意外的是，它们经常栖息的树上多了一些鸟，我用望远镜细细观察，这些鸟居然平时都不曾见过。先是看到一群雌雄在一起的赤颈鸫，不一会儿它们中间居然还出现了灰头绿啄木鸟和大斑啄木鸟。这几种鸟还是我第一次见，所以弥补了没见到乌鸦的遗憾。

然而，事情有了新的变化——我听到了一声乌鸦的叫声。抬头，发现两只乌鸦从远处飞来，然后向空地的东北角去了。

我恍然大悟——今天天气寒冷，东北角有一片由树林环绕避风的空地，它们肯定在那里！依着乌鸦的聪明，今天它们肯定会选择相对温暖的地方。

果然，我所料不错，它们全部在那里!

可是，一个新的问题产生了，那两只乌鸦从远处来，它们怎么知道大部队在东北角呢? 是叫声吗?

寂静的春天

1962 年，蕾切尔·卡森《寂静的春天》一书，引起了巨大反响，吹响了全世界环境运动的号角。2023 年的春天，我却遇到了一个不该寂静的春天。

——题记

生态摄影师余五灵总喜欢进山拍摄。

因为他并不寂寞，一路上总有各种动物会出现，让春天的山里显得生机盎然。尤其是草原上探头探脑的鼠兔，一年四季也不会让你觉得乏味。

但是这个春天，余五灵感到了草原的异样。他走了很久，总感觉草原死气沉沉，看不到窜来窜的鼠兔。这让他很纳闷，没有了鼠兔，自然也见不到其他的动物。习惯了平时有鼠兔跑来跑去的草原，这时，余五灵感到有点别扭。

再走，感觉草原依然毫无生机，只有牧草伴着残雪在努力生长。寂静的草原，寂静的春天，这不是草原该有的样子啊！

再走，余五灵明白了一切——乌压压的灭鼠队，正在草原上地毯式地投放灭鼠毒药。这场景让余五灵有点震惊，灭鼠队走过的地方就是一片死寂。

这个春天遇到同样情况的还有其他摄影师，他们有的拍了很多野生动物的尸体。这是他们不能接受的，草原没有了活蹦乱跳、机灵可爱的动物，生态摄影师这个职业就面临尴尬。

这个春天，摄影师们无功而返。随后，要不要灭鼠的话题在摄影圈里传播。

一

这篇文章写到这里，停滞了很久一段时间，总是写不下去。早些年，我在三江源草原上采访时遇到了很多关于灭鼠的实际案例，有些案例极具现实嘲讽意味。

今天，我们的生态文明已经有了很大的进步，再去老生常谈，味同嚼蜡，总提不起写下去的兴趣。可是，心中老是泛起一些问题，想想又让自己愤愤然。十几年过去了，草原上依旧能看到轰轰烈烈的灭鼠现象，连形式都没有发生太大的改变。这不免让人深思，是草原鼠多得灭不完呢，还是多少年来，灭鼠工作就没有更科学的方法？在鼠类面前，难道人类真的技穷了吗？

多年以前，我在治多县遇到过一个极具讽刺的场景。看我们的车辆靠近，路边的一只大鵟突然起飞，掠过我们车顶的时候，将一只草原鼠重重地扔在车上。也许，这就是一个小概率的事件，可是，车内的人为此开展了各种富有联想的猜测，尽管都是笑谈，但内容都与草原鼠有关。

曾一度，草原鼠害泛滥是不争的事实。那种鼠兔密密麻麻地蹲在草原上，成为草原一景的场景，至今想起来还是非常震撼。以下文字摘自《守望三江源》一书，如今十几年过去了，读来却依然不过时：

> 人类进入文明时代之后，以在有限的草场上得到最大获得的方式，开始对草原进行无限的索取，原始的游牧方式在现代工具的大量使用下，其真正的游牧意义宣告结束。于是大块的草原在得不到休养生息的情况下，不堪承受牛羊的践踏和啃食而日渐退化，鼠类乘机大量扑向混乱不堪的草原，"衣不裹体"的大地露出令人痛心的肌体，发出一声声痛苦的呻吟。大量的野生动物在网围栏的阻扰下找不到回家的路，在人类没完没了的追杀下，种群遭受着前所未有的劫难，草原面临着前所未有的危机。

起初，人类也只是依靠草原维持生存，但是基本的生存需求得到满足后，贪婪的人类开始向草原提出更多满足贪欲的索求。大自然在赐予我们美丽神奇的青藏高原的同时，也赐予草原无穷的宝藏，为了挖掘深埋在草原下的宝藏，一些人日益疯狂地挖掘，对草原进行了旷日持久的掠夺，全然不顾那些需要上百年才能恢复的草地。为了价格日益暴涨的冬虫夏草，数以万计的人匍匐在草原上，贪婪的眼睛细细地扫描着日渐稀疏的草地，不放过一根让自己发财致富的冬虫夏草。

在夜以继日的掠夺和索取下，草原很快就衰老了，人们发觉草原已经不再是那个牧草丰美，为牛羊和人类提供源源不断食物的草原了。草矮了，风沙大了，继而很多草原沦为无草、无人、无畜的三无草原。人们无可奈何地退出一片片滋养了祖祖辈辈生存的草原，随之鼠类大举进入，成了草原的主人。有位基层草原工作者曾作过形象的比喻。他说，这些草原就像人一样，免疫系统崩溃了，鼠害和虫害开始大面积爆发。

一度，鼠害成了草原人心中的痛，鼠类和人类在草原展开了旷日持久的你存我亡的博弈。

有一年，车过治多县多彩乡，我看到车窗外草原上成群的老鼠，毫不躲避驶过的汽车，俨然它们是这片草原的主人，我转而又想，何尝不是呢？这片草原已经混乱不堪，牛羊和牧人已经退出，土地裸露，沙石满地，仅剩的一些草地上鼠洞密密麻麻，一平方米能看到四五只鼠兔。下车，走近鼠洞，鼠兔一哄而散，可是它们很快又从不远的地方钻出来，再往前走，"哧溜"一下，它们又钻进了洞里。当你不知道它们去了哪里的时候，它们又肆无忌惮地从不远处钻出来看着你，我仿佛看到它们分明是在嘲笑眼前的人类。它们的嘲弄终于激怒了我，拿起一块石头就向鼠兔砸去，但是没等我手中的石头出手它们又进了洞，时间不长，又从别的地方钻了出来，依旧无所畏惧地看着你，仿佛对我们这些冒然进犯它们领地的人类充满了敌意和嘲讽。

我突然明白，在亿万年的地球进化中，鼠辈本来就是草原的主人之一，它们是草原生态链条中不可或缺的一环。在人类介入之前，草原生态链条依靠自然伟大的力量维持着和谐和平衡。人类介入后无尽的贪欲和无穷的索取，逐渐让草原失去了平衡。大自然中每一个物种都有自己独特的习性和在生物链上的位置。以鼠兔为例，暂且不说最新科学家发现的鼠兔与草原土壤的作用、洞穴的蓄水作用等积极的方面，单就从食物链来说，它是高原上所有食肉动物的首要甚至是主要猎物，藏狐吃它，狼吃它，兔狲吃它，猞猁吃它，艾鼬吃它，猛禽吃它，荒漠猫吃它，甚至连雪豹、黑颈鹤这种孤傲的动物有时候也要拿它打牙祭。

其中藏狐、兔狲等青藏高原食肉动物对鼠兔有着高度的依赖性，是它们的主要食物来源。科学家观察检测发现，藏狐 99%、大鵟 75%、猎隼 95% 的食物源是高原鼠兔，其他动物的比例也肯定不低。说明鼠兔在草原食物链中有着极其重要的地位。鼠兔数量减少，意味着很多动物就要饿肚子，没有了食物，很多动物就不会在草原待了，甚至濒临灭绝。没有了动物的草原，也便没有了生机。如此，草原寂静的不仅是春天了。

而且，我多次在草原上观察过鼠兔和鸟可以同穴共处的奇特景观。大自然中处处都存在共生现象。精明的鼠兔可以在没有利益分配的情况下，和鸟儿达成共生协议，将自己所挖的洞让一部分给鸟儿挡风避雨，而鸟儿可以为鼠兔清洁洞口卫生。同时我敢相信，胆小的鼠兔肯定让鸟儿为它们充当起了哨兵的角色。

鼠兔穿着毛茸茸的"大衣"，它们在冬季依然很活跃，哪怕是积雪很厚的地方，都能看到它们灵动的身影。在科学家眼里，鼠兔的这种特性，对植物多样性以及物质的循环具有积极的促进作用。

当然，鼠兔还有很多这种"利他"的作用，只不过我们还没认知到。

鼠兔是青藏高原草原生态环境系统的调控者，还被称为草原动物界的"活化石"。在人们的普遍认知中，认为鼠兔就只有常见的那一种。熟不知，鼠兔的物种种类很多。仅从颜色上，除了常见的赤灰色，我们还记录到了非常罕见的白色和黑色的鼠兔。黑色鼠兔是鼠兔中极其罕见的基因突变类物种，存在的概率很小；白鼠兔是由于鼠兔的基因突变造成毛色白化。

过去，人类主观地认为鼠兔的天性就是破坏，从而产生了鼠兔是破坏草原的元凶的认知，把草场退化的责任甩锅给了鼠兔。现在，科学家们发现，成群结队的鼠兔并不是草场退化的原因，而是草场退化的结果。故，了解鼠兔的生物特性及鼠兔在草原生物链中的生存价值，将有助于我们客观地了解草原生态环境的本质特性，有利于我们采取更科学的生态保护措施，也会在一定程度上使我们认真反思当下采取的"灭鼠"之策。唯有以遵循自然生态规律为基础，以不影响草原生物链为原则，才能有效地恢复、保护和提升草原生态系统的自我调控能力。

著名摄影师鲍永清在一组摄影作品中专门为鼠兔正名，为它们呐喊，更充满了对鼠兔的敬佩、同情和打抱不平。他说："鼠兔最不起眼，却最不可或缺，草原生态链不能没有鼠兔。"鲍永清在拍摄时经常会看到，一群鼠兔在玩，大鵟突然俯冲下来叼走其中一只，其他四五只眼睁睁看着同伴被吃掉，紧紧地蜷缩在一起。很快，它们又四散开来，该吃草还吃草，该嬉戏还嬉戏，好像刚才那生死一瞬并没有发生。也许对于它们来说，生死随时随地都在发生，努力生存才是最重要的，哀怨、悲伤是弱者的表现。他深深感觉到，大自然当中的动物每天都在竭尽全力地活着，每天都在挑战着极限，生存是它们唯一的真理。

科学家研究古生物化石时发现，鼠类的踪迹曾遍布地球，今天更是如此，哪怕是十分偏远的角落。人类一直厌恶，甚至鄙视着它们的存在，一直也在和鼠类进行着生死博弈。贝斯顿认为，在很多时候，我们人类以施恩者自居，同情动物投错了胎，地位卑微命运悲惨。而我们恰恰就错在这里，因为动物是不应当由人来衡量的。在一个比我们的生存环境更为古老而复杂的世界里，动物生长进化得完美而精细，它们生来就有我们所失去或从未拥有过的各种灵敏的感官，它们通过我们从未听过的声音来交流。它们不是我们的同胞，也不是我们的下属。在生活与时光的长河中，它们是与我们共同漂泊的别样的种族，被华丽的世界所囚禁，被世俗的劳累所折磨。

其实，很多动物在地球上出现的时间远远早于人类，在更长的演化史中，它们积累了丰富的生存策略和智慧，所以很多科学家断言，在地球未来的演化中，存活的物种中有可能被我们认为地位卑微的动物，但不一定有人类。

二

有一个关于灭鼠过程中，让故事的主人公咬牙切齿且无可奈何的故事。这个故事堪称人鼠博弈过程中十分经典的案例。

有一年，曲麻莱县的灭鼠工作轰轰烈烈开始了。经过努力，草原上的鼠兔日渐稀少，随后，完成灭鼠的工作人员信心满满地回到县上，并给主管单位打了保票，这块草原的灭鼠率确实已达到 95%。

然而，过了一段时间，当检查组到达这块草原时，所谓"灭鼠率 95%"的草原上遍地是鼠兔，而且好像比原来更多了，这让陪同检查组的县领导感觉非常丢面子。

"怎么可能呢！"工作人员看到眼前的景象，百思不得其解，陷入了苦思。

最终，草原牧人给出了答案。"你们不要小瞧了小小的鼠兔！"经过了多次灭鼠，鼠兔已经掌握了与人类抗争的智慧。当人们来投放灭鼠药时，鼠兔就会派老弱病残去试吃鼠药，一旦情况不对，它们就会举家迁移，跑到别的草原，或者上到海拔更高的山上，等过上十天半个月药劲一过，鼠兔们才再次返回。而那些早已过了药性的鼠药则成了它们的开胃点心。如此看来，人类这样的灭鼠工作，实际是在帮助鼠兔优化种群，反倒为鼠兔的种群繁衍起到了积极的作用。

鼠兔最为关键的一个策略是，在什么样的草场繁育多少数量的鼠兔，它们自然有自己调控的办法。一般情况下，当一块草场的食物被吃得差不多并受到限制时，鼠兔繁殖的数量就会相应减少。当到达一块新的领地后，尤其是人类的灭鼠行动过后，它们的繁殖能力就会突然大增，原本一窝生五六只的一窝能生出来十几只，几何倍的增长速度足以让它们遍布草原，以嘲弄的姿态昂首自居。所以，这就是很多地方头一年灭鼠见效果了，第二年突然比往年更多了的原因。

颇具讽刺的是，多少年了，人类大规模的灭鼠行动或者方式没有太大的进步，但是，草原鼠捍卫种群的能力和策略却一直在提升。

处于保护种群的本能，它们能产生一定的抗药性和具有基因变异的能力，甚至识别能力。刚刚研制出来的灭鼠新药，用不了多长时间，很快就会被它们识别。过去，在猎杀野生动物时，人类以傲视一切的优越感随意剥夺着草原生灵的生命，但是在鼠类面前，人类却彻底丧失了自信，鼠辈们在草原上以娴熟的游击战术和人类展开博弈，在你进我退的若干回合后，人类确实技穷且无力了。

当然，话又说回来，即使灭鼠工作卓有成效，取得了突破性进展，或者说获得了巨大的成功，到那时，有关部门要为此准备隆重表彰奖励。可是，这是个人类值得庆贺的好事吗？孰不知，当人类大张旗鼓庆贺的时候，灾难可能已经在来的路上了。因为草原鼠兔大幅度减少，或者彻底消失，意味着草原食物链也崩溃了，这对于草原和牧人来说是崩溃性的灾难。对于地球的整个生态来说，是崩溃性的灾难。所以，灭绝鼠兔，最终受害的还是人类！

当然，我们不是说无视鼠害的存在，解决问题不是头痛医头脚痛医脚。我们明明知道，鼠害泛滥的根本原因在人类。亿万年以来，鼠类进化得种类繁多，分布广泛，本该和谐地生活在地球上，是人类导致全球的气候变暖，是人类导致了草场生态退化，是人类打破了原本平衡的物种关系，打破了自然原有的格局。

三

面对泛滥的鼠害，难道人类真的黔驴技穷了吗？

我们且来听听民间的智慧："苍蝇不叮无缝的蛋，鼠类不呆草高的地方。"这是鼠类"鼠目寸光"的天性使然，因此，它们喜欢待在视线开阔的滩地，草长得越高、越茂密的地方它却越是不敢待，因为在这样的地方，它们看不到天敌。因此，光秃秃的、退化了的草原是它们的乐园，它们在这里恣意繁殖，直到将这里彻底变成黑土滩、沙地，之后，再向下一个目的地进发。

而且，这个目的地里，并没有牧草丰美、土地健康的草原。

过去，草原上的牧人将草籽采集来，来年开春时，撒到草场上，赶着羊群来回踩踏。这样做不但可以通过羊蹄将草籽埋入地下，而且还可以防止人力去翻开草场，以防在这片草原上种草不成，反而导致草场变成黑土滩。早些年，我亲眼看到过这样的实例，有人自以为掌握了先进的种草技术，就在黄河源头翻土种草。然而，其鲁莽的行为导致的结果是，草没长出来，开春几场大风后，草籽、腐殖土一起被风刮走，黑土滩直接沦为赤面朝天的沙地。

其实，鼠害泛滥，受伤的总是草原牧人。他们不愿意接受所谓现代的灭鼠方式，他们期待着鹰等鼠兔的天敌回归。在他们的朴素认知中，大自然总是一环套一环，一物降一物。

牧人，何必放下牧鞭去灭鼠？

草原上，鹰类是充满传奇色彩的神鸟。千百年来，鹰一直被人类所神化，成为勇敢、威武的象征，是蓝天的使者。

那些年，人类与鼠类展开博弈的时候，鼠类的天敌却日渐淡出人们的视线，同时越来越多的农药、化肥的使用也是猛禽消失的原因。因为经常捕食体内积存毒药的鼠类后，它们的生殖系统受到损害，降低了产卵率和胚胎成活率。更严重的是，科学家在包括鹰在内的许多猛禽脑部血液中检测出微量的农药，这对鹰高度发达的运动调节系统无疑是一个潜在的威胁。一旦脑部的农药量达到中毒水平，鹰不仅不再是捕猎能手，而且很可能连飞翔都困难了，等待它们的只有死亡。

我们在草原看到的场景是，鹰总是孤傲地立于电杆、山崖等高处，犀利的眼睛随时扫描着眼前的草原，一旦发现目标便急冲而下，当猎物惊慌失措时，鹰便迅速出击，一举抓获猎物。

在自然生态系统中，鹰这种捕食行为能对捕食对象的群体起控制或保护作用。实际上，它们是在帮助捕食对象的群体淘汰体弱多病、无生存竞争能力的个体，从而保证猎物群体的健康及竞争力。当然，它们对鼠类的数量具有强有力的控制能力。因此鹰类是生态平衡中一个不可缺少的环节。

于是，人们想到了筑巢引鹰，在草原上架设招鹰架，期待把因人畜干扰逼到高山、悬崖峭壁上的鹰请回到草原上筑巢。在保护家园中，人们对鹰寄予了很高的期望。

人类醒悟了，悟到了用自然自身控制的力量。尽管补牢，为时未晚，尽管依靠自然自身的力量是一个缓慢的过程，但是如今，草原上鹰、藏狐、兔狲、艾鼬等天敌的数量已经开始增加。

鹰的回归，也让牧人灭鼠的信心回归了，看着车窗外翱翔的鹰和不时出现在视线内的藏狐等动物，我的突然心情轻松起来。

我期盼，下一个春天草原不再寂静！

第二章

向山而行

焉支山：
穿古越今的遇见

我们面前的景观往往已经被赋予了文化，这跟我们自古以来的自然审美观有关，所以我们身边几乎不存在没被人化、文化、神化了的山山水水。自然景观有了文化的参与，也就承载了很多人文的东西。

——题记

焉支山——是祁连山的一个历史文化符号，穿古越今，一直在那里。

自从与祁连山结缘，这个名字便无数遍地出现，仿佛某种神秘的约定。恍惚间，总感觉焉支山是远在千年前的存在，久远得有点不真实。然而，她就在现实的河西走廊甘肃山丹县，不远不近地存在着，好像在静静等待着去完成那个神秘的千年约定，用邂逅的方式静待一场穿古越今的遇见。

一

十月的祁连山，是一年中最辉煌最精彩最喧嚣的时候，人们趋之若鹜，尚山亲水。开车穿过祁连山中的南北通道扁都口，顺着国庆旅游的滚滚车流前行。突然，路旁出现了一个"焉支山"的路牌，这种熟悉而又陌生的遇见，让我突然愣了一下，随机，便毫不犹豫地改变原来的计划，离开热闹的 227 国道，拐上了一条寂寞的乡间小道，直奔路牌所指的焉支山，好像这就是本该有的计划或约定。

从祁连山南麓穿越到北麓，眼前的一切都是新鲜的。这里大片的绿洲与南麓大片的牧场有着十分鲜明的对比，一山分出了绿洲的繁盛和草原的苍茫。车行田垄间，前面是大片等待收割的青稞和燕麦，以及农场里忙碌的工人、机器。没想到祁连山滋养下的这片绿洲竟然如此肥沃和富饶，河西绿洲可见一斑。祁连山冰雪融水成就了大片的河西走廊绿洲，有了绿洲，河西走廊才能成为国际文明大通道，千百年来驼铃声声，东西文化交流络绎不绝。

绿洲背靠祁连山，祁连山就矗立在不远处，氤氲成一抹黛青色，如一幅巨型国画挂在天边，而眼前却是一马的平川，能望见河西走廊北侧的龙首山。我生活在祁连山南麓，那里却是山连山的连绵。进了山地，就像走进了山的海洋。粗犷有余，清秀不足。行走在祁连山南麓，要么需要不停地翻山越岭，要么就在山间宽谷中行走，山路弯弯，似乎很难摆脱山的纠缠。眼前的开阔让我一下有一种释放感，有了终于摆脱大山束缚的轻松感。

穿梭在祁连山北麓阡陌相通的大片农田中，有一种在南麓不曾有的新鲜感。越往北，不管是庄稼地，还是植被的分布都渐渐稀疏了，土地也渐渐开始变得炽烈了，出现大片赤面朝天的戈壁。我知道，这种地貌特征主要还是受祁连山气候和物种垂直分布的影响。照着这个分布规律，一直往北就该是荒凉的漠北了。

是的，后来我才知道，朝着这个方向穿越龙首山，两百多公里开外就是巴丹吉林沙漠。巴丹吉林沙漠和腾格里沙漠、库木塔格沙漠、柴达木戈壁一起把祁连山围在中间，祁连山也因此成为名副其实的中国湿岛，以无可争议的地位影响着中国西北的生态以及苍生。

焉支山是祁连山的一支余脉，因处在河西走廊的中间，便有了扼制河西走廊的战略地位，也便有了"甘凉咽喉"的地位。除了战略地位外，以北的龙首山阻挡了北方的风沙和寒流，以南又有祁连山丰沛的雪水滋润，焉支山地区便成了一块气候宜人、可耕可牧的沃土。因此，历史以来这里都是河西走廊各民族王朝驻锡地，自然也是兵家必争之地，更是千百年来流淌故事的地方。

车行其间，陆续见到了马营大草滩、大马营、八卦营子以及农场、马场、古城遗址等，历史的影子随处都是。这些名字似乎是生长于这片土地上，历经千百年，依旧历久弥新的一种存在，它们的根脉延续和连接古今。我想，这便是历史文化的魅力和生命力。

在那个谁掌握了战马，谁就赢得了战争主导权的年代，马被看成是战争中速度和力量的象征。因此，霍去病打败了匈奴后，尚马的汉朝便在这里开始饲养战马，以后历朝历代都以这里为养马和后勤保障的基地。如今，这里依然是历史最为悠久、亚洲规模最大、世界第二大的马场，其中山丹军马场远近闻名。

这些历史遗留在焉支山附近的片段和符号，倒是串起来我记忆库里的些许知识。那些兵戈铁马、狼烟滚滚的岁月总是在眼前浮现，与现实交织，恍恍惚惚难以分辨。不远处，农人一声吆喝，竟然虚虚幻幻地变成了两千年前，霍去病突袭的声音；农田里拖拉机滚滚的声音，倒成了霍去病风驰电掣的声音。我不得不停下车，站在田垄间，任浸满历史的微风拂过，任思绪不断在历史与现实间频繁切换。

二

在平坦绿洲的阡陌间行驶，突然，前面出现了一抹黛青的山峰，山顶还有积雪，依据周围地形分析看，那该是焉支山的主峰百花岭了吧？果然，车拐进一片山岭开始爬升，直到眼前出现一片清秀的景象，我才确定这便是焉支山无疑了——既熟悉又陌生的焉支山，既是古代的又是现代的焉支山啊！

> 失我祁连山，使我六畜不蕃息。
> 失我焉支山，使我嫁妇无颜色。

一曲悲歌传千古。这曲悲歌寥寥 24 字，却道尽了匈奴人失去焉支山和祁连山的痛惜之情，以及一步三回头，扶老携幼一路西去的悲怆和难舍风水宝地焉支山的痛苦。字里行间，可窥见令人荡气回肠的悲壮史实，我们也可以从中了解到，这个在北方大漠这样的苦寒之地生存的民族的性格特点和精神追求。

我试着哼唱："失我祁连山……"我尽量让自己的声音里充满大漠、风沙、苦寒还有辽阔、苍茫、离愁。刚一开口，一股浓浓的悲凉瞬间涌上心头，呛在了嗓子眼里。我竟无语凝噎，车窗外是焉支山萧萧的秋景……

跟其他人一样，我知道焉支山，也是从这首穿越两千多年的匈奴悲歌开始的。公元前121年，汉武帝派17岁的骠骑将军霍去病率兵西进，过焉支山，击败匈奴。随后几战匈奴，匈奴终败，唱着悲歌四散而去，而焉支山从此成为胜利的象征被载入史册。而那个难舍焉支山的古老民族匈奴，逐渐隐入历史的烟尘。他们留在焉支山的足迹，正随岁月渐行渐远。

这首《匈奴歌》也叫《祁连山之歌》《胭脂歌》《匈奴悲歌》，被史学界认为是唯一幸存的匈奴民歌。而我觉得，这首歌是匈奴献给祁连山的绝唱，千百年经久不衰。秦末汉初，匈奴在冒顿单于的统治下，势力空前强大，"破东胡、走月氏、威震百蛮、臣服诸羌"，统一了河西走廊，祁连山成为匈奴的驻地，匈奴依托祁连山达到了全盛时期。当时的汉王朝迫于匈奴的势头，只能以向匈奴和亲的方式来得到休养生息的时间。

到了汉武帝时期，经过70年的休养生息，汉朝势力变得强大，为了控制西北广大的地区，汉朝开始对匈奴用兵。如今，站在焉支山我们能深刻感受到，对于这个曾经生活在漠北气候恶劣、风沙肆虐的苦寒之地的民族来说，失去乐土祁连山，失去气候宜人、物产丰富、可耕可牧的焉支山的痛切心情。

三

几经山路盘绕，进入了焉支山的腹地——焉支山景区。瞭望其貌不扬的焉支山，我却对她的另一个名字"胭脂山"，产生了浓厚的兴趣。与当地人攀谈中得知，山中真有一种花草叫红蓝花，其汁液酷似胭脂，是古代游牧民族妇女搽抹胭脂的原料。随后，在山中行走时，我有意无意地在探寻红蓝花的影子。据当地人说，红蓝花非常稀少，已经不允许采摘了。

可是，胭脂和焉支仅仅是音似，会不会以讹传讹呢？随后，我发现另一个更有意思的名字"阏氏 yān zhī"。阏氏原本是胭脂的古代叫法，可是，在匈奴时代阏氏成了匈奴单于、诸王妻的统称。如《匈奴列传》中说："单于有太子名冒顿。后有所爱阏氏，生少子，而单于欲废冒顿而立少子。"

历史上，焉支山就是水草茂盛的天然草场，古老的游牧民族氏、羌、月氏、匈奴等曾先后在这里繁衍生息，自然也是美女聚集的地方。更有李白"……虽居焉支山，不到溯雪寒，妇女马上笑，颜如赪玉盘……"的诗句为证。所以，焉支山与胭脂、与美女便有了这样千丝万缕的关系，并一直名扬天下。据说那时匈奴诸藩王的妻妾多从这一带的美女中挑选。

在山里游走，没指望遇到所谓的红蓝花，倒期盼着，涂着胭脂，带着西部赪颜风韵，以及历史尘烟的女子从上山路款款而来，诉说历史悠远的故事。

行将日暮，我的焉支山之行不得不草草结束，开车离开，心里默默盘算着再访焉支山的计划……

荒野呼唤

为什么那些珍稀少见的物种总是在偏远、荒凉的地方出现，这难道不是拜我们所赐？可我们总是自豪地说某某地方是野生动物的天堂。这样的天堂往往都是人迹罕至的海拔高、气候寒冷、地处偏远的戈壁、沙漠等人类无法居住的苦寒之地，绝不是我们口中的天堂。只是因为少有人类侵扰，所以才不得已成了动物的避难所。

——题记

翻过位于祁连山深处的萨拉山不久，在公路一侧的山坡灌丛中，我发现了五只雄马鹿。我立即停车，拎起相机上山。这时，它们也发现了我，就在抬头看我的那一刻，我抓住了那一瞬间，拍摄了一张野性十足的照片。细看，觉得它们头上极具雄性气概的角非常美，那是一种久违了的野性美。这个角是属于它们的雄性特征，以此来赢得族群的尊重和雌性的青睐。其次，这也是它们捍卫自己的武器，角像分开的掌形，末端的分叉像一把把锋利的匕首，让对手和企图靠近它们的人类望而生畏。也许千万年前的马鹿不是这个样子的，以达尔文的进化理论，促进他们进化的驱动力无非两个因素。一个是自然选择，也就是自然环境、生存需要等方面的因素；另一个就是配偶选择，或者说是审美选择，就是雌性马鹿的审美决定了雄性马鹿们进化的方向，或者是产生了进化动力。

一

如此看来，长得高大、雄壮、角长而分出好看的叉，是马鹿族群里美的标准。正是有了这样的审美标准，一代一代的马鹿向这个方向进化。到了今天，进化出了接近马的身躯，粗壮的脖子，优美的身形，成了鹿科动物中最大的成员。关键是它们的角看似庞大、沉重，但身体和角之间的比例达到了最佳、最优美，是典型的几何之美。这样的美对于我们这些生活在处处充斥着非自然物的城市中的人来说，确实充满了亲和力和吸引力。这样强壮健美的身体在这样的野生自然环境里，显得那样自由舒张和灵动。这里蕴含着一种比例的奥秘，审美的尺度，任何部位一点儿不多，一点儿不少。除非在打斗中或者被掠食者伤害之外，它们的身体一直完美着，即使到了生命衰老、形销魄散的时候，它们的形体都很难发生大的变化。

恰到好处就是美，大自然也给了我们人类这种身体美的曼妙，而且比马鹿更优越的是，人具有身体之美的个体差异，即不同民族之间、不同地域之间的人类形体有不同的美，有不同的美丽可赏。而动物会将自己的这种形体美保持到死去。就是死去后，它们的角、骨骼、皮毛还被人拿来装饰。

二

我在用 600mm 长焦镜头观察、拍摄它们的时候，被这种属于自然和野性的美征服了，不由地跟着它们爬上了半山坡。但它们始终和我保持着一定的距离，我往前几步，它们也向前几步，然后停下来，关注着我的动静。可我是贪婪的，想在更近的距离上拍摄和观察它们，甚至妄想在很近的距离内跟它们互动。我看到，我和马鹿同一个方向是一道山梁，便计上心头。在使用计谋方面，人类有着绝对的优越性。我计划从山梁那边的山谷绕过去，顺着它们看不到的山谷出现在它们的前面或者上方。

我为自己的计划兴奋不已。往山下撤了几十米，躲在灌木后面，然后开始压低身子，快步向山谷绕过去。可是，我穿行的这片灌木是一片锦鸡儿丛，里面充满了细长坚硬的刺，我的腿马上被锦鸡儿刺破了好几处，火辣辣地疼。我快速地移动着，只是肺慢慢有点承受不住了，这里的海拔快接近4000米了，氧气稀少，肺部的负担很重。我几次不得不停下来，用大口的喘气来缓解肺部的压力。这时，我的心跳得就像被重重敲响的鼓。好不容易到达了预想的山梁，便开始放慢脚步，降低身体高度，来不及让自己的喘气均匀一些，我像偷猎者一样悄然接近马鹿。

当马鹿之前所在的地方出现在我面前的时候，我很惊诧——马鹿不见了！

我只好站起身，挠着头不知所措。按说，马鹿往前走，它们肯定会与我碰面。往后走，是一片一览无遗的开阔山坡，全在我的视野里。可它们就是不翼而飞了！我四处探看，就是看不到它们的影子。奇怪了，它们是怎么消失的？

不管什么原因，它们就是不见了，我只好将相机放在草地上，躺在地上，沮丧地大口喘着气，肺部缺氧的不适感慢慢在消失。也许，马鹿的美保持在照片里才是最好的。

随后，我坐在山头环视四周，开始欣赏风景。突然，我不由无奈地笑了，马鹿居然在我身后远处的另外一道山梁上，望着我。它们是怎么过去的？难道它们一开始就识破了我的阴谋，在我绕过山梁兴奋地实施迂回战术的时候，它们已经在包围圈外了。"愚蠢的人类！"——我仿佛听到了它们的嘲讽。

我望尘莫及地眺望着它们。大概是因为确定了我是一个并不友好的入侵者后，它们认为与我保持的距离越远越好，所以，它们慢慢向远处踱去。

远处山峦连绵，无限旷远。再远处，山峦变成了一层层的水墨画，越远越淡，越淡越朦胧。有山水画的写意之美，也有天地的禅宗之意，看不清却永远让人向往。可即使你到了那里，等待你的依然还是这样一幅朦朦胧胧的画面，永远保持着神秘。正好应了爱默生的话："在荒野之中，我发现了某种比在街道或村庄里看到的与我们更亲密无间、同根同源的东西。在宁静的风景中，尤其是在遥远的地平线上，人们观察到了大致像他本性一样美的东西。"

我突然有一种冲动，跟着它们就这样在荒野中走下去，进入远离人类社会的荒野深处，看看那里是什么样子。我宁可游荡在这片野性的山林里，也不愿迷失在城市钢筋水泥的丛林里。当初，约翰·缪尔跟我有同样的想法："我甚至试图想让自己过着野生动物般的生活：捡拾山野四处的种子、草莓一类的东西充饥，逍遥自在地在山间攀援，充分享受摆脱金钱和行李羁绊的那种自由和幸福。"他说："心甘情愿地在这片神圣的自然中，做一名谦卑，再谦卑不过的仆从。"但事实是，在马鹿的眼里，我是一个并不友好，也并不受欢迎的跟踪者。恐怕对于前面的这片荒野，我也是一个冒冒失失的入侵者，带着浓浓的城市味道的闯入者，也许可能会受到很多未知的抵抗。

我站在山顶，吹着风，怅然地深思着。我企图接近野生动物，一窥它们的世界，可是，为什么我见到的所有野生动物都在十分恐惧地与我保持着距离？我很羡慕那些草原的牧民与野生动物和谐相处的场景。他们努力、谨慎地与野生动物保持着友好的关系，他们取得了野生动物的信任，相互间有近距离的接触。我很期待与它们近距离交流，迫切地想了解它们的世界。

三

想想人类在200多万年前起源的时候，地球上到处都是大型野生动物和猛兽，而人类相对瘦弱矮小，其他野生动物对人类根本不屑一顾。在它们眼里，人类根本就是毫无威胁的、两条腿的一种猎物。人类也只有欺负欺负那些比自己更弱小的动物。或者跟在其他大型掠食动物的后面，偶尔吃点腐肉，捡拾被猛兽遗弃掉的骨头，拿来砸开吃里面的骨髓。所以，这个时候的人类只处在食物链的中下层。

然而再后来，人类仿佛偷窃了造物主的锦囊，学会了使用计谋。从此，人类突然跃升到了食物链的顶端。于是，人类聚集在一起，利用一些工具和策略捕猎，那些比自己大好几倍乃至几十倍的大型动物，纷纷倒在人类的计谋下。《人类简史》作者赫拉利认为，地球上大型动物的快速消失，跟人类有着直接的关系，人类是罪魁祸首。

捕猎技术突飞猛进的人类往地球四处迁移，所到之处便伴随着一些物种的消失，所以，慢慢地，所有动物开始惧怕两条腿的人类，这种瘦弱矮小的两条腿的动物做事太可怕了。于是，关于"狼外婆"的故事在动物界开始蔓延了，动物们谈人类色变。动物父母不断告诫幼崽，见到两条腿的人类必须快速逃命，有多快跑多快。久而久之，这种惧怕人类的行为被写入了所有野生动物的基因中，也被野生动物一代代传承下来。以至于到了今天，躲避人类成了所有野生动物的本能和祖先记忆。它们的祖先告诉它们，靠近人类是危险的，不仅有生命危险，也许还有种群被奴役的危险。一旦听信了人类的谎言，被他们驯化，就成了任他们宰杀的牲畜。那样，它们的野性、自由将彻底失去，而任由人类摆布。所以，它们不想依赖人类，人类也别想随意改变和摆布它们。

当然，刚刚出生的动物幼崽见到人类后，会往人类温暖的怀里拱，这样做的结果是要被其父母惩戒。发现幼崽身上有被人类动过的气味后，动物就会马上弃窝搬家，甚至有的动物会把人类动过的幼崽遗弃掉。

四

欧美的一些自然文学家和科学家认为，人类和动物是有亲缘关系的。相信有些人看到这句话后会大为反感，我在基层进行科普宣讲的时候，很多人都感觉不可思议，人和动物怎么可能有亲缘关系？人类明明是高级动物！

我们知道，地球上所有的生命都起源于最简单的胚胎，从这个点开始，地球生物遵循着从低级到高级的演化规律。但是在物种几十亿年的进化史中，人类直到最后才出现。也就是说，大部分动物和植物出现在地球上的时间远远早于人类，在这一点上，人类根本没有什么可自豪的。

这么看来，人类与动物、植物都起源于一个最初的点，都存在亲缘关系。可是后出现的人类却是贪婪的，几次认知上的飞跃，或身体机能的提升，使人类很快进化到了地球霸主的地位。在那个生存第一的蛮荒时代，人类的祖先可没有什么生态意识，所到之处，他们的眼里只有食物，只有生存。

于是，动物和人类就这样由亲缘关系逐步走向了敌对关系。尽管如今，人类逐渐有了保护大自然、保护野生动物的生态意识。但是，野生动物惧怕人类的行为太根深蒂固了，人类想要修复和缓解与野生动物的关系，谈何容易？更何况，在越来越多的人加入保护野生动物队伍的时候，也有为数不少的人还在觊觎野生动物，偷食野味，以穿戴野生动物的皮毛为耀。人和动物想要恢复亲密关系是一个漫长的过程，而且前提是人类想这么做。

五

著名生态摄影师鲍永清总是在很近的距离观察和拍摄野生动物，而且野生动物在他面前也毫无敌意，眼神里没有警惕和防备。他的有些作品的拍摄距离近到让人意想不到，比如在 8 米的距离上拍摄雪豹。问他，戏言道："动物认识我呗！"尽管玩笑，但道理却对。在穿着不变、不惊扰野生动物的前提下，反复出现的鲍永清被动物们"确认过眼神"，允许他待在它们的领地里，甚至有些动物无视他的存在，从他身边大摇大摆地经过。有一次，一只红耳鼠兔还爬到了他身上。甚至有一窝藏狐，每次他一出现，都显得兴高采烈，就像家里来了亲戚一样。

同样地，著名纪录片创作人张景元由于长时间跟踪拍摄黑颈鹤一家，得到了这一家的认可，多次出现意想不到的场景。比如，小黑颈鹤腿受伤了，来到他们的拍摄帐篷跟前，歪着头往帐篷里张望，期待得到救助；跟踪它们到西藏林芝拍摄时，这一家跑到他们的帐篷跟前，高兴地"嘎嘎"叫；一只受到天敌惊扰的藏狐，跑到拍摄车跟前，寻求庇护……

这些事实证明，人类与动物亲缘关系的存在。其实，人类与动物从潜意识里就有一种亲近感，只不过多少年来，人类见到野生动物时首先想到的是食物，野生动物见到人类时首先想到的是逃命。蒙蔽这层亲缘关系的紧张形势已经存在很久了，以至于彼此都忘记了那份亲近。从这些年我从事的工作来看，人们见到野生动物时是兴奋的，有一种久违的激动和亲近感，当然，也不乏一看到野生动物就有想狩猎冲动的人。我想，这些都是人类远古记忆的重现。曾经的人类一边捕食动物，一边对它们充满了敬畏，但这种模式到了现代，演变成了赤裸裸的剥夺。不过令人欣慰的是，在青藏高原敬畏野生动物的原始思想依然还在流行。所以，我明白，想要得到野生动物的认可也不是不可能，只不过需要花时间和精力慢慢去等待，需要一点点靠近，得到它们的信任，需要放下居高临下的姿态，需要舍弃人类多少年来的那种优越感，需要从奥斯汀的这段话里有所感悟："在所有它的栖息者中，它对人类是最不上心的，所以在自然面前，人类凭什么可以居高临下，凭什么有不可一世的优越感。当人类抛弃一切现代手段，置身于自然时，同其他动物平等求生存时，你还有什么资格可以倨傲？"

六

其实，我们发现，动植物总是以最真实、最纯粹的方式让我们感动，用它们的脆弱性让我们感到神秘，告诉我们生命的意义和神圣。可反过来，我们中的大部分平时无法接触到他们中的大部分。

在进化的过程中，动植物进化出了优于我们人类的很多能力，比如犬科动物几十倍于我们的嗅觉，猫科动物几十倍于人类的听觉，鸟类超强的飞行和迁徙能力，鱼类神秘的感知能力，还有昆虫能看到人类看不到的光线和色彩等。那么，我们认为美好的世界，在它们那里是否也有美的意义和价值呢？

人类尽管有了非常可观的科学研究成果，但关于动植物世界，我们却只了解到了一小部分，更何况尝试着用它们的理解去理解它们，这样的理念和认知出现在人类中才有多少年？而且我们中的大部分尚没有这样的觉醒和认知。

我们中更多的人是在贸然闯入它们的世界时，才有所观察，或者也仅仅是匆匆一瞥。我之所以这样说，就是我们不断探知它们的世界的意义就在于，我们是整个地球生态系统中的核心物种，是指导性物种。我们探知它们最终还是为了我们，目的还是自私的。因为地球的整个生态系统健不健康、稳不稳定取决于我们人类。按照尼科尔森的话说：“曾一度，我们就是大灾难，对与我们一起生活的那些物种来说，我们就是毁灭者。”那么，我们就得对整个生态系统里的其他同伴给予关照，而不是深陷人类中心主义观念中，对其他一切非人类漠不关心。

这是因为只有真正了解了它们的世界，我们才能对正在艰难生活或者处在濒危边缘的一些物种给予有效的援手。当然，我们必须时刻保持清醒和警觉的是，我们做这些并不是优越的、高它们一等的。因为，如果它们于这个星球上不存在，人类也无法很好地在这个星球存续。尼科尔森说："它们悲惨的现状，也许就是人类的未来。"所以，关照它们的最终目的还是为了关照我们自己。

也只有了解了它们的世界，再借由它们的视角反观人类，发现人类世界存在的各种问题，规避不必要的弯路，找到人类发展中遇到的危机的答案，才是以高等动物自居的人类的生存智慧。

那天下午，我一个人在萨拉山顶待了很久，将自己置身于荒野，不拍照，也不观察，就静静地思考，思考的是动物与人类的关系……

细节入心

祁连山——和合青甘，
连通东西，润泽西北。

——题记

静下来，

慢下来，

祁连山生命的细节、岩石的肌理、森林的涛声、溪流的低吟、昆虫的私语……才可触摸，才可感应，才可互动，才能放大了，展现在我们的眼前，入耳入心。所以，认知一座山，你必须放低姿态，放慢脚步，要有"像大山一样思考"的理念。

我们总是日行千里，穿梭在祁连山连绵的山岭和宽谷中，欣赏着祁连山亿万年地质演变沉淀下来的那种神秘的美，和那种时间带给我们的质感。可是，真正想要走进一片土地没那么容易，更何况那么忙碌和浮躁的我们。对于在这个飞速的时代中生存的我们，慢下来，静下来，谈何容易！

当你站在祁连山的那片山林，那里有那么多的生命细节、自然肌理还有天籁值得你去细细地观察和欣赏。

确实是这样，当我将脚踩在寺沟那片一平方米有十几种草本植物的林地里时，那种松软感会传递到身体的每个部分，与细胞进行深度的互动。我知道，其实那传递给我的是一种生命的力量，这种力量直达我的心灵深处，有一种清新的温暖感；雪雾中，绽放在景阳岭上的鸦拓花，让很多游客惊叹。这种在大多数人来说十分陌生的花，开放在雪地里，迎接着山岭间迟到的春天。我，牢牢地记住了它，它的艳丽、它的自由和自信；布哈河河畔，一群斑头雁在举行仪式，庆祝幼雁的出巢。它们那么兴高采烈，像极了人类庆生或者娶亲的场面，我不由地被这种气氛所感染……

相信每一个自然属性尚未泯灭的人，多少都跟我有同样的感受。祁连山自然风景粗犷中透着秀美，生物多样性丰富而独特，确实是一个接近自然、观察自然的好地方。在这里，画师梦中觅色板，诗者溪边低头吟，都有一种强烈的表达欲和创作的冲动，都想把这种感觉拿来与人分享。

生命的细节和自然的温暖带给我们的感动，其实是唤醒了我们内心深处的自然记忆、自然审美、自然基因，也便重新打开了我们走进自然的大门，于是，眼前的所有生命变得那么亲切，那么有层次感，不再像过去那么模糊和遥远。于是，我那么急于想一个个去认知它们。认知它们，就是想离它们再近一点儿。

如此，我轻轻抚摸着覆盖在岩石上的苔藓，它们那么翠绿、柔软，生命力那么震撼，让我久久不能平静。我不是植物学家，不能准确解读它们，但我能感受到，我抚摸的苔藓有三四个种类。这种结构简单的物种总是在幽静的地方，静静地创造着诗情画意和可以小中见大的微观世界，细品，居然也能品出万千的滋味来。我知道，在这个微观世界里，这种矮小的植物组成了一个世界，这里有着古老生物的历史，还有不被人类获知的生命精彩。

我极其认真地、一脚一脚地走在林下的草地上，每一脚我都细细品味那种感觉。我能感受到一些生命在我脚下的抗争，尽管我不能一一叫上它们的名字，但是却记住了它们桀骜的姿态。是啊，我脚下每一寸土地的绿，都是这些细小的生命编织起来的。这绿从我脚下一直到整个地球，成了地球绿色的幔帐，成了生命的力量，将不屈、顽强和希望播撒在了地球的角角落落。绿色几乎是所有植物的颜色，是生命的希望。自从这个星球诞生绿色以来，生命的世界日渐繁盛。

在静与慢的节奏下，我触碰到了祁连山的细节，这些细节给予我的不只是精彩，还有感动。一次一次地走进祁连山、回归自然，其实也逐渐唤醒了我的自然记忆，让我焦躁的心有了些许清明，让我整日奔走的脚步放缓了节奏。

祁连山的细节给予我的感动和触动，使我坚定了认知祁连山、走进祁连山的决心和信心，所以，这几年里，我一直在认知祁连山的路上……

一棵树和
一片森林

一棵树就是一棵树。
一棵树不止一棵树。
一棵树不仅是一棵树
和地名，更是一种生
态精神的象征。
一棵树，在祁连山南
麓腹地，深藏大山，
进不去出不来。
我去寻找一棵树，却
见到了一片森林。

——题记

一

早就听说了一棵树，以及一棵树的故事，早想去那里看看，可是每次都被告知，进不去。于是，去一棵树，便成了我有待实现的计划。

通过咨询，我知道去那里比较容易走的一条路有 300 多公里，需要跨青海、甘肃两省的门源、祁连、天祝等六个县。还有一条路从门源宁缠进去，有 200 多公里。但是，这条路一年中将近有大半年被积雪掩埋。剩余一条从省道 217 拐到硫磺沟进去的路也有 70 公里的山路要走。可是，这条路山路弯弯，十分险峻，只能等到七八月份山里的积雪融化后才能进去，而且时断时通。

为这个计划，我从 2019 年就开始着手计划。中间尝试着从老虎沟进去，可路快到山顶时，就完全被厚厚的积雪掩埋了。到了 2021 年 8 月份，我经过多方打听，进山的各方面条件都很成熟，于是便有点兴奋……

8月10日，我终于进山了。

先从西宁驱车近200公里到了硫磺沟，然后翻越冷龙岭。站在冷龙岭脚下仰头，山在云里，路在山上。只容一辆车行驶的一条便道，沿着视线也进了云端，同行的人有点怵："天哪，这路何止十八弯哪！"我信心满满，驾车盘山。

盘了不知道有多少盘的山路，感觉进了云端，云就在车旁。下车查看，结果还有三分之一的路要走。回头，发现平时神秘的岗什卡雪峰就在咫尺，美丽而圣洁。刚想抒发一下情怀，往下一看，惊出一身冷汗。路沿以外是深渊，是真正深不见底的深渊。而我们在高耸入云的山尖，突然恍恍惚惚地，忘记是咋上来的。赶紧收敛起孟浪，十分谨慎地走剩下的路。

山顶是冰蚀地貌，云雾间是炽烈的岩石，岩石上偶尔能看到一些藓类，除此之外很难有植物能到达这里。穿过一段垭口，车头突然向下，又是数不清弯道的盘山路。

再一次盘了不知道有多少盘的山路才下到了山谷。见到一个牧人一打听，下到下面的山谷，再拐过前面的弯就该是一棵树管护站了。

可是，紧着赶路，完全下到沟底时已经是傍晚了，就迫不及待地寻找那棵树其实，路边有几棵树符合想象中的那棵树，挺拔、苍劲，但是，我都把它们排除了，总觉得这些树缺点什么，不应该是我要找的那棵树。

暮色很快向山里逼来，无奈我只能先寻找一棵树管护站投宿，以免天黑迷路。

见有生人来，管护站里的人很兴奋。我知道这里缺什么，所以进山的时候采购了蔬菜、大饼和书。大家七手八脚就把东西卸完了。我迫不及待地提出要去看那棵树，却被站长张天文摁回到座位上，说："天快黑了，先吃饭，明天再去。"

饭是臊子拉面，是精心准备的。拉面粗细不均匀，一看就是男人们的手艺。臊子没肉，很素，这倒不奇怪。

饭后聊了很多，没想到每个人都能聊，大家都有强烈的表达欲，每个人也都有令人怦然心动的故事。

月上枝头，山风习习，管护站深陷在一片黏稠的墨色中，大家准备睡了。

山里很静，一棵树河的声音主导了夜的声音，偶尔有一两声晚归山鸦焦急的叫声，也都迅速被河流声淹没了。我还来不及细细品味山里夜的感觉，就被拉回到梦乡，连梦都来不及做了。

早晨，有阳光从窗户洒进来，我突然反应过来，我是要去找一棵树的，翻起身，匆匆抹了一把脸，就拽了管护员老苏去找那棵树。

走了也就两公里路，老苏说：呐，就是那棵树。

哦！就是它，就是它，也必须是它！

不高大、不挺拔，两米来高，长得有点拧巴，其貌不扬。如果把它比作人，它就是一个瘦瘦弱弱、营养不良的人。

可是，它长在一块一房子大的巨石上，离地面土壤和水有 3 米多高，没有土壤和水源的供给，它不知道存活了多少年。可以肯定的是，它比同龄树小很多、瘦很多。

可是，它那么孤傲，那么神秘，那么高贵，那么桀骜不驯。它是那么努力地在生长，枝叶间透着莫名的力量。仰望着巨石上的它，我分明能感受到那种力量的存在，这力量能征服所有见到它的人，这力量里包含了对生命的渴望和赞誉，对天空、对阳光、对大地的渴望和赞誉。

我明白了，征服附近牧民的，并将它当成神树的，就是它的这种令人震撼的生命力量。

二

山里寂寞，管护员待人都客客气气的，很是热情。可是，说起山里的寂寞，似乎戳中了他们的要害，每个人神态都有点黯然和无奈。过着常年几乎与世隔绝的生活，寂寞在他们身上都留下深深的烙印。站长张天文说，现在好多了，人多了，也有了太阳能和电视。过去就两三个人，每天都是大眼瞪小眼，没有任何的娱乐节目，打个扑克牌都很难。说到这里，他讲了一个小故事。

那是建站初期，管护站只有两个人。唯一的娱乐方式是打扑克牌，可是两个人打牌，对方的牌互相都清清楚楚，但是为了消磨巡护以外的闲暇时光，两个人"装"得煞有其事，"津津有味"地打着牌。有一次，大雪封山，正常的巡护都无法开展，两人待在管护站百无聊赖，大眼瞪着小眼。最后，年轻的管护员决定去找一个人来一起打牌。于是他走了8公里去叫附近的一名牧民小伙。但是，当他来到牧民的帐篷时，帐篷里空无一人。不识字的他只好找了一张纸，在上面画了三个人和一张扑克牌，放在帐篷后，又走了8公里路回到站上。回来后，两人翘首盼了三天，也没见这个小伙子来。之后过去了两个星期，才见到这个牧民小伙，一问才知道，他到附近的沟里去找牛，结果大雪封住了回来的路，被困了两个星期。

打发寂寞最好的办法就是出去巡山，在不停地行走中化解心中的苦闷。就这样走，每天走，每月走，每年走，却从来没计算过迄今他们走了多少公里。我给他们算了一个简单的账，平均 个人一天10公里，一个月就是300公里，一年就是近4000公里，干了10年的老管护员至少已经走了40000多公里，都快可以绕地球一圈了！

不是所有的伟大都是轰轰烈烈的，一个平凡人，秉持着内心的信念，在日复一日、年复一年的坚守中，成就的就是一种伟大。他们这种用日日夜夜的坚守，年复一年的巡护积累的伟大，已经超出平常，足以震撼更多的人。

"从来没有觉得自己有多伟大，干了这个工作就尽量干好。要说伟大，我们干的这个工作确实很伟大，是功德无量的事情。而且习总书记亲自关注这项事业，现在又是国家公园，所以，总感觉工作的时候，背后有一种强大的支撑，所以，心里经常有一种自豪感。"

可是常年的坚守，舍弃的就是与家人的相伴，不管什么性格的管护员，说起家人，都会瞬间安静，脸上堆满愧疚。小郝是个嘻嘻哈哈大大咧咧的人，说起才九个月大的女儿，他就像变了一个人。自己老婆要生产的事情，是家里人跑到山里来告诉他的。听到消息，他连饭都顾不上吃就立即出山，等赶到门源的家里已经是凌晨2点了，这个时候已经没有可以到西宁的车，家里也没有一口吃的，他只好饿着肚子睡下。

第二天早晨天刚亮他就往西宁赶，欣慰的是，他没有错过女儿来到人世间的那一刻。

再进山，他就多了一份思念和牵挂。那种想念是刻骨铭心的，那种想念是折磨人的，有时候，他坐在门口的信号石上，总幻想突然有了信号，跟女儿可以视频电话。平时要打电话，常常会跑五公里之外有信号的地方。尽管女儿还不能说话，可是对着电话咿咿呀呀的神态让小郝幸福不已。

三

信号石，我还是第一次知道对一块石头赋予这样特殊内涵的事情，听到这个词时，我第一反应是抗日战争年代的消息树。

只有特殊的时间里、特殊的环境里，才会有这样特别的事情。

管护站门口草地上的信号石，似乎承载了太多而又不能化解的思念。这是直径约为 60 厘米见方的一块扁石头，刚踩上石头，我的手机就收到了两条短信。这对于已经两天与外界断了联系的我来说却是一份惊喜，赶紧摸出手机，见若有若无的一格信号。于是尝试着发一条信息，结果东转转，西转转，上上下下石头几十次才成功。我突然发现，这个若有若无的信息，也是与外界若有若无的联系，反倒是折磨人的。撩拨得你心里焦急万分，却是万般无奈。几个人几番在信号石上尝试，撩拨起了与家里人通个话的欲望，于是，跟着李所长的车和小郝去五公里外的甘肃地界打电话。却没想到与之前有人讲给我的鸡儿架不期而遇。

没有人知道鸡儿架这个名字的来历，只是觉得这条路过分险峻。等真正走了一趟鸡儿架，我才知道它的含义。鸡晚上回鸡窝是要上鸡架的，所谓的鸡架就是独独的、悬在半空中的一根木头。鸡蹲在这根木头上睡觉，可以防止其他动物偷袭。我估计这是这个物种演化来的自我保护的一项技能。

我眼前的鸡儿架名字里有这个关联，这条路只是早年为了方便往外运木材或者煤，在大山的山腰间开挖的一条便道，仅能容一车通行。车轮下是万丈悬崖，我不由抓牢了车上的把手，偶尔探头往车外看一眼，谷底是湍急的一棵树河。路在半山腰，而山是有七八十度坡的大山。路十分颠，颠得我开始怀疑人生。

随着几声密集的短信声，车一个刹车停在了山路拐弯处，再拿出手机，上面有充满希望的信号。这个拐角再往前就可以出山，前面是一片大草原，往下是齐刷刷的、足有几百米的悬崖，能望见谷底的河。车上的人迅速四散，钻到柏树林，各自找了个合适的位置去打电话。我只能听见他们"嗡嗡"的说话声，至于是夫妻间的情话，还是对家人关切的问候，倒是听不出来。

四

站长张天文的女儿已经上初中了，可是，他因为错过了女儿人生很多关键的成长环节，因此，父女关系很是生疏，为了弥补这些，每次出山他就尽可能地想办法去弥补。可是，还是换不来女儿的谅解，父女之间的那种疏离感是张天文心中的一个痛。

他眼里的泪花说明了这一点。一个男人要是心中装了痛，那必定在负重前行。一个男人要是负重前行，必定像巨石上的那棵树。

一棵树派出所设立之初是一个帐篷派出所，张所长是第二任所长，前一任所长出山途中翻车受了伤，他接了班。和张站长有着同样的经历，儿子的事情是这个汉子的软肋，各种办法想尽，无奈儿子已经出现了叛逆、不上学等行为。千难万险经历过了，可唯独儿子让他不知所措。与人说起时，眼泪在打转，愧疚堆满了沧桑的脸庞。

人这辈子总要面对一些选择，对于他们来说，选择了与青山绿水相伴，就注定要舍弃与家人的天伦之乐。选择了与大山为伴，就难免与寂寞为伍。

五

离开一棵树管护站时，管护员们站成一排送我，车渐远，回头，他们还在那里高举双手挥动，恍然，感觉他们就是一片森林……

盘了不知道多少盘的山路上山，又盘了不知道多少盘的山路下山。出了山，恍惚间，来到了属于自己的世界，而一棵树在另一个世界里……

天默公路

尽管没有多少人能抵达珠穆朗玛峰，但是人们依然向往那里。可是，那里有什么？——什么都没有，包括空气。

——题记

人一生会走多少路，恐怕没有人能说清楚，但是，我相信，总有一段属于你的天默公路，触动你，呼唤你，让你终生难忘，让你心向往之。心中的天默公路一直伸向远方，时时吸引你，去开展一次远离城市和人群的旅行，追求一份内心的平静和自由。

公路不嘈杂就不叫公路，但天默公路偏偏是安静的，没有车水马龙，也没有太多大煞风景的电线杆和网围栏。因为它只是一条乡村公路，深藏祁连山中，坑洼不平，鲜为人知，也少有人走。这是吸引我频频回返，甚至是令我心驰神往的一条公路。准确地说，这条公路是从海晏县开始，先走茶默公路，再走天默公路，最后到达祁连县的，中间以海浪村为界，有100多公里。公路连接着青海湖国家公园和祁连山国家公园，中间需要穿越大通山、托来山。

在祁连山腹地的雪山和草原之间的穿越，却是那般精彩。一路上，总能看到兀鹫、金雕在深遽的蓝天悠闲地盘旋。也总能看到岩羊在高高的岩石间踱步，也经常在公路两侧邂逅并不常见的一些珍稀动物，让你惊讶兴奋。还有那些神秘的亿万年的地质遗迹，静默山间，历经岁月沧桑，虽无声，却有万语千言。

这里的天地简直就是整个祁连山的魂，无论是那天边暗了雪山的长云及闪电；无论是静怡的山溪，或者奔腾的河流；无论是此起彼伏的鸟叫，还是呦呦的鹿鸣；无论是一尘不染的蓝天，还是大雪纷飞的阴天，其实都在宣告这片土地的宁静。我想，这些声音是天籁，天籁的出现是因为没有现代化的噪音。没有人类的噪音就是宁静，入心入耳的宁静，这就是自然本来的样子。

一

这一路最固定不变的风景是河流，大大小小的河流，变化的只是它们四季的颜色。其中，黄河著名支流大通河及支流的支流，在大通山里树权状静静地散布在山谷间，安静地流淌着，日夜不歇。在汇入主河之前，这些支流以及支流的支流尽自己的能力精彩着，有各自的特色，尽管有的连名字都没有；有的呈辫状蜿蜒在草原，静怡清澈；有的从山上倾斜而下，欢腾轻盈;有的从草甸中汩汩渗出，从容不迫。一路不好数清楚有多少条河和溪，每一条河经过的地方都有牧人洁白的帐篷和安详的牛羊。支流大的地方还汇聚了一些村镇，阳光下，人们悠闲地往来着，全无都市人的匆忙。

站在萨拉山顶，只见一条辫状的支流漫散在山谷问，枝枝权权布满了整个山谷，使得偌大的山谷安详而又安静，中间点缀着河流最好的装饰品——

牧人的帐篷和牛羊。我知道,漫散在山谷里的河流共同的特征是安静、清澈、从容。像一张网,网住了大通山,用它们的轻柔、清新安抚着雄性般的大通山,滋润着山里的万物。于是,祁连山中万物安静,山谷呈祥。

大通河流经处是一片片比较开阔的宽谷,我不知道是山谷汇拢了河流,还是河流冲刷形成了山谷,总之,山与水在这里已然是最好的相处了。大通河一路流来,由西北向东南形成了木里盆地、江仓盆地、默勒盆地、门源盆地。每一处盆地必定是一处牧草丰美、物杰地灵的风水宝地。夏季,盆地里是动物的乐园,一片生机盎然,野性灵动。冬季,牧人把冬窝子安顿在盆地的河畔,温暖祥和。蜿蜒的河道、温暖的帐篷、袅袅的炊烟,便就成了祁连山冬日冰天雪地里的一道最暖也最令人向往的诗意。

这一路看不到令人皱眉的、被侵犯过的现象。无疑这是一片健康的土地,只有健康平衡的土地,才会有这片土地上万物的健康,以及人类的安详和文化的繁荣。文化的繁荣、昌盛又会滋润这片土地,规范这片土地上的文明秩序。

到了托来山,八宝河的支流天棚河就开始一路陪伴你,将你送上峨祁公路时,它也与主河八宝河汇合了。在之前的一段峡谷里,它奔腾着,它的姿态都快像一条大河了,白色的浪花在岩石间冲撞着、翻滚着,模仿着一条大河的样子。它这样的姿态,我想跟托来山的山势和岩石有关。天默公路是在托来山的峡谷里,这条峡谷是这条河千万年横切出来的,河床里露出亿万年的岩石层。更令人惊讶的是,有些是曾经的古海洋底的岩石。

从峡谷里抬头望着蔚蓝的天际，不经意发现，公路边的一段岩壁竟然是亿万年前海底火山喷发枕状玄武岩，我立刻拍照发给西安地质调查中心的辜平阳老师，请他确认。得到肯定后我很兴奋，不知道我的发现有多少价值，但是我兴奋的是，当确定了这些岩石的身份后，那种地质形成的沧桑感，以及与之进行精神交流的亲近感便有了。很难想象，脚下的这片土地曾经是汪洋大海祁连洋的底部。更难以想象，几亿年前的某个时期，这里海水浩渺，火山喷涌，岩浆滚滚。那不断从火山口喷涌而出的岩浆，遇到海水后被凝固成一块块如枕头状的岩石，也就是现在的样子。可以肯定的是，这些岩石是修天默公路时露出的，从路旁山崖一直到河里，全部是这样的岩石，恐怕这样大面积的玄武岩遗迹在全国也绝无仅有。

坚定的玄武岩坚定地屹立在河边，历经风霜雪雨。我知道，了解它们价值的人并不多，在这寂静的山谷里，偶尔有一辆车匆匆来匆匆去，山谷里很快沉寂下来，只有天棚河陪伴它们。偶尔会有一两个诸如我这样略懂地质知识皮毛的人，抚摸着它们兴奋地谈论一番。然而，这样的人终究还会离去，山谷里终究会归于沉静。这时候，我突然想起了歌曲《五百年桑海沧田》，一种苍凉涌上心头。如果将时间放置到漫长的地质历史中，将该是何等漫长而寂寥。"已见东海三为桑田"，眼前的峡谷经历了一次又一次的地质运动，每一次动辄就是亿万年，然后才有了从海底到陆地的轮回，这份沧桑与寂寞谁又能懂？在这份浩瀚的沧桑与旷世的寂寞里，人类根本不算什么，人类短暂的历史也根本参与不到地球的地质历史当中。

站在阒寂无人的天棚峡里，时而静静思索，时而仰望蓝天。突然，有一群高山兀鹫，中间夹杂着几只金雕在天空集结，而且数量越来越多。它们形成一个大圈,顺时针随风转着圆圈。它们的数量还在增加,不断有高山兀鹫和金雕从别处赶来,加入旋转着的大圈内。眼前的场景令人震撼,很快让人联想到这是一种灾难来临的前兆。我不由环顾四周,独处幽暗的峡谷内,难免有点莫名的恐惧。大自然就是这样,秩序和谐和杂乱残酷会交替出现,其实这本就是它该有的样子。四周寂静无人,面对这种未知的现象,我还是感到越来越强烈的恐惧,赶紧驱车逃离了。

胆怯给我留下了长久的遗憾。那些鹰的行为到底是一种什么现象?我没有胆量去解谜。这倒让我明白了一个道理,大自然每天都有惊奇发生,你深入大自然多少,就会获取多少,走马观花、浮光掠影是不会获得大自然的精彩的。

其实,每一次过天棚峡,都能看到鹰在天空盘旋。从地面看,黄色居多的是胡兀鹫,黄色间有深褐色的是高山兀鹫,深褐色的是金雕。它们飞行时,只是偶尔扇动几下翅膀,它们是驾驭气流的高手,巧妙利用气流滑翔,悠闲地盘旋。在近距离上,它们一旦扇动起一米多长的翅膀,就会发出野性和充满力量的"霍霍"声,可以轻易震惊到你。

二

每一次进入天默公路,我总是走走停停,总有东西吸引我驻足。每一次经过萨拉山,我几乎都要去观察白腰雪雀,其实是去探究为什么它们总是在打架。几乎在祁连山的所有地方都能见到白腰雪雀的身影,在萨拉山的山坳中尤为集中。而且同一个地方,仅仅换一个山坳,白腰雪雀的个体居然有一些差异。

这种鸟个头与麻雀无异，浑身的羽毛却像一直在干着体力活的民工。我记得，老人们在识人面相时会说，这人的眼呈三角、眉根上翘，必定气势很强、嫉妒心很重，且记仇多疑、势利凶狠。白腰雪雀恰是这副相。我不知道，白腰雪雀没完没了的打斗是不是跟这副鸟相有关，反正你只要见到它们，它们必定在打斗，不分四季时候。我们知道动物打斗，无非为了争食物、争配偶、争领地，我不知道白腰雪雀到底在争什么，请教专家，也不知道。

离开这里几公里，进了另一条山坳，发现这里的白腰雪雀也很集中，但是个体有一些明显差异，个头比先前的略小，那道横眉明显淡了些，羽毛也看上去干净了些，蓬松了些，鸟相也看似更温和。

三

也许，我喜欢天默公路，原因是这里有万物各归其位的和谐，有没被过度侵扰的野性，有能安抚心灵的山水，有能让自己内心安宁的静怡，还有能找到一种好不容易摆脱城市束缚的释放感。这里很少见到网围栏，牧人按祖辈的传承在放牧，不急不躁，日出而作日落而息。野生动物在各自的领地里接受着大自然的优胜劣汰，不怨天尤人。那山那水保持着原始的状态，庇佑着万物，安抚着大地。这样的地方每一次经过，都是一次对心灵的慰藉和洗涤。

想要到祁连县，往南几十公里有国家级公路可达，往北几十公里省级公路畅通，高速公路也即将开通。而且这两条公路上每天都有大量飞驰的汽车和行色匆匆的人。奔驰在这两条公路上的人，从一出发就只有一个目的，就是终点，而且是在各种交通规章的约束下，都努力在最短的时间里达到终点。他们无缘沿途的风景，当然，沿途的风景也正在失去该有的精彩，汹涌的车流、难闻的尾气、浮躁的人们，让野生动物避之三舍。日渐增多的电线杆大煞风景，一道道无缝衔接的网围栏拒人千里之外，以及草甸里的旅行垃圾令人皱眉……

四

天默公路只是一段公路，与我们一生走过的路相比几乎微乎其微，但我发现，人生的旅途中总有一段属于自己的天默公路，总要去走走这样的路，去重新与大自然链接，重新找回自己遗失的记忆和快乐。

有人说，公路和电线是文明的象征，但也有人说，公路和电线是荒野的终结者。为此，在多个场合里，我看到人们为这个话题进行激烈的争论。那么，荒野与文明是一对无法调和的矛盾吗？

这些年，雪域的发展速度是突飞猛进的，公路和电线杆的强势侵入，基本上终结了一些地方本该寂静、纯荒、赏心悦目的样子。有些地方的公路打破了物种原本延续了千百年的交流廊道。可是，我们也知道，公路和电线杆的尽头必定是经济的繁荣、生活的改善、文明的提升，要不，雪域的人们就该遭受贫穷和落后吗？这个似乎还真成了一对无法调和的矛盾，一直被人们不断审视和探讨。就目前看，发展的诱惑大于保护，而对荒野价值的认知才刚刚开始，或者说还没有开始。所以，这个时候我想"等发现了荒野的价值时，荒野已经不存在了"的呼吁是苍白的，甚至是尴尬的。铺天盖地的关于保护生态、保护自然的口号，在遇到需要经济发展的选择时，显得无力而苍白，甚至滑稽。但是，照这个速度，天默公路也许很快就不存在了。"世界本来的样子"以及"不被打扰的土地"会越来越少，直至消失。

荒野和文明是一对无法调和的矛盾体，甚至有些绝对的自然保护主义者提出了"文明是荒野的敌人"的论点。但我认为，荒野和文明的矛盾突出体现在表象，深层却是殊途同归。因为文明的本质是秩序，荒野里却隐藏着更高层次的秩序，是万物原真的状态。这些规律和秩序形成于地球数十亿年的演化过程，是万物共同生存、推进演化出来的，是一个神秘而庞杂的系统，是指导自然界万物的行为规范。既然是生活在自然界的生物，就必须服从自然界生态系统的基本规律和秩序。这是一种神秘的、需要人类进一步探究的规律和秩序。它没有形成标准，却存在了几十亿年；它没有形成制度，但是除人类以外的万物却自觉在遵守。现如今，人们往往更多地用传统信仰或宗教去解释这种神秘的秩序。

当我们认为荒野和文明是矛盾体的时候，我想根本原因是我们的出发点依然是人类中心主义思想。如果人类还把自己放在自然中心的地位的话，我们对待荒野的视角是带着人类优越感的俯视，那荒野就意味着落后、蛮荒、偏僻，于人类无益。但是，如果你摒弃了这一切再到荒野，你会不会发现，荒野里尽管没有文明社会里的条条框框，但有的是万物认同并遵从着的神秘秩序，而这种神秘秩序是比文明社会更高层次的一种秩序。因为文明社会的秩序是要写进条文里，刻到人的记忆里，体现在你的行为里的。而大自然的秩序只体现在万物一代又一代自觉的遵守中。而且，自然秩序下的万物和谐、蓬勃，生命盎然、健康，那这是不是一种更高级的文明呢？甚至是文明的终极状态？

所以，换一种视角看，荒野并不是荒芜和蒙昧，不是文明的对立面，荒野的秩序是世界本来的样子，是一种神秘的力量和智慧，富含人类探究的哲学，是一种神圣的存在。美国自然文学作家斯奈德说，所谓神圣指的是那种帮助我们（不仅是人类）摆脱小的自我，汇入整个山河轮转的大宇宙的东西。

当然，荒野的本质也是自由舒张，包括恐惧和危险，不确定性。我喜欢荒野中的和谐和平衡，这里的平衡是指万物各归其位的和谐，不被打扰的宁静。当然，荒野的平衡绝对是动态的平衡，也只有动态的平衡才会是真正的平衡，也只有动态的和谐才是真正的和谐。因为，自然是一个稳定协作的世界，也是一个变化的世界。事实上，变化是协作的一个关键因素。大自然随时有不确定的事情发生，哪怕是一场暴风雪，一场洪水。或者是局部地区的生态发生了变化，物种的数量减少了或者增多了，这些因素会在短期内引发局部的不平衡，而荒野自然有自我调解、自愈的能力，短暂或者一段时间的失衡又会归于平衡，这就是荒野内在的调整机制。然而，很多地方长期处在失衡的状态下，生态持续恶化、物种大量减少、生物多样性被打破、人类的干扰压力一直不减……这样病态的大自然是被打扰的，不是真正的荒野。真正的荒野是万物按照自己的祖辈记忆，各自自由发展的空间。可是，让我感叹的是，这样的空间还有多少？我们有多久没有去过这样的地方？我们有多久没有像利奥波德提醒的"大山一样的思考"了？

五

斯奈德说，我们需要一种能够完全并且创造性地与荒野共存的文明。我们生活在城市里，每天一只耳朵忍受着汽车和机器的轰鸣声，一只耳朵支棱着，搜索着来自大自然的鸟语和天籁。那么，我知道我喜欢去天默公路的真正原因是，这里既保持了一定的现代文明，却没有城市的浮躁和过度文明。既保持了荒野的审美性和野性，却没有荒野的严酷性和不可通达性。因此，天默公路是人类接近荒野的缓冲区，是野性自然和现代文明现实矛盾的调和区，是荒野与城市的过渡区，也蕴含着我们对荒野世界的救赎。

我知道，就像我这样的自然爱好者，其实身上都普遍存在着矛盾，我们徘徊在自然与城市之间，以及现代文明与荒野之间的抉择矛盾中。我们痛恨过度文明对自然的侵害，却又依恋着现代文明下的奢华生活。

城市让大量的人日夜焦躁不安，夜不能寐，患上了社恐症，不想出门，不想交流，只想逃避。而山谷让人心旷神怡，森林让人清新爽朗，想要倾诉，想要歌唱。草原让人心情开阔，想要奔跑，想要呐喊。河流让人渐渐安静，想去远方，想写诗歌。

所以，贝斯顿希望人们"走出充斥着现代科技的水泥丛林，控制一下我们不顾一切地追求增长及开发的欲望，贴近一下我们久违了的远古自然，感受一下大地深沉永久的节奏，在大自然强大生命力的环绕下，汲取一种秘方以及持续的能量"。我们不妨说，在这个急功近利的现代社会，重新联结起我们与原始自然的纽带，让博大的自然依托支撑着人类，这在当下已经成为人类生存的需求。

但是，对于现代社会的大部分成年人来说，他们不可能深刻地意识到自然的存在，或者忽视自然的存在。至少对他们来说，对自然的认知是肤浅的，仅仅是实用方面的认知，比如空气是用来呼吸的，太阳是用来照亮的。所以，让他们去描述自然，脱口而出的就是这样的关于实用的功能性描述。但是，当我们转换一种视角，让孩子们对自然进行描述时，你就会惊奇地发现，自然在他们眼中是一个十分精彩的存在。

所以，在自然面前，我们要保持儿童一样的纯真，既要有孩子的感性认知，又要有成年人的理性认知。用儿童的纯真感受自然生命的精彩，并与自然的万物保持一种平等的交流姿态。同时，我们也需要用成年人的思维科学认知和理性对待自然中的一切，包括其中的残酷和危险。

走出去，到自然，恰恰是走向了自我，会发现自在的我！

天默公路，既有野性的美，也有现代的便捷；既有荒野的狂暴，也有现代的秩序。关键是在这里能体验到一种力量和活力，是土地给予我的力量，是自然活力带来的希望，也是一种沉静与激情的力量。

雪豹荣耀

祁连山，一座古老而深沉的山脉，有大片沉寂而苍茫的土地，这里越接近自然本来的样子，荒野价值越高。越是人类少出现的地方，越是动物频频出现。

——题记

初冬，祁连山迎来了第一轮降温降雪，漫天的大雪，刺骨的寒风，一只老迈的岩羊没有度过这个寒冬，在睡梦中就被冻成了雕像。美丽的祁连山在这一季变得异常严酷，生存、活着是这个季节山里所有物种的首要任务。

一

年轻的雌雪豹吉穿行在祁连山国家公园海拔4000米的风雪中，即使位于这片土地食物链的顶端，对它来说，严酷的冬季也是不容忽视的挑战。它要赶在下一次降温前，找到一个能躲避风雪的理想洞穴。

安顿好巢穴，吉开始在自己的领地上巡视。雪豹喜欢独居，领地意识非常强。所以，接下来的时光里，它要守好自己的领地。这里终年积雪，人迹罕至，属于其他物种很难生存的苦寒地带。蹲在高山裸岩上，领地尽收眼底，灰白色的保护色让它与岩石融为一体。

雄雪豹安从山的另一边走来，不慌不忙地踱进了吉的领地。它是来相亲的。安在山谷中喷射尿液，在路旁突出的岩石上磨蹭。它在向吉释放自己爱的信号。因为，它知道，吉会从它的尿液中分辨出它来这里的目的。所以，它一边在山谷里释放信息，一边等待着吉的回应。

山下的空地上一大群岩羊正在合群集结，对于生活在祁连山国家公园里的动物们来说，合群结伴是抵御严冬的最佳选择，这样可以互相守望，共御天敌。而且在冬季的集体行动中，可以彼此照应。这是千百年来，它们以祁连山为家园积累下来的生存智慧。

敏锐的吉已经捕捉到了安的信息，但是年轻的吉尚未进入发情期，它对安表现得有点反感，一番打斗是不可避免的。对于安，想要求得吉的芳心，没有耐心是不行的。接下来的日子里，安一次次地试探，一次次向吉献殷勤。

也许是安的耐心起了作用，也许是不断在雄性同类的刺激下，吉体内的荷尔蒙发生了化学反应。这一天，吉没再驱赶安，它恋爱了。

在安的陪伴下，吉的这个冬天温暖了许多。它们栖息在冬日的山谷间，共同度过了一段甜蜜时光，静候着祁连山春天的到来。

二

风雪过后，阳光明媚。草原上，一只兔狲捕到了今天的早餐，它迈着轻松的步伐回巢。途中惊扰到了一只正在伺机捕食的藏狐，狠狠地瞪着它。祁连山正在改善的生态环境，给各种动物提供了理想的栖息地，还有相对充足的食物，偶尔也会有几个获得大自然眷顾的幸运儿，在这个寒冬，日子过得还算安逸。

祁连山的冬季非常漫长，一阵季风吹来，安嗅到了春的气息。它意识到，自己的蜜月该结束了，它要回到山那边自己的领地，把时间和空间留给吉去哺育下一代。吉也将度过一段艰难而又漫长的单亲育幼生活。

冰雪消融，预示着漫长而寒冷的冬季即将结束，山谷里渐次有了生机。直到山岭间绿色开始蔓延的时候，吉产下了自己的三个孩子。出生才几天的小家伙们，还没有睁开眼睛，就在妈妈的身上到处蠕动，寻找母亲香甜的乳汁。吮吸着母亲的乳汁，小雪豹们享受着一生中最无忧无虑的时光，之后，它们将面临大自然优胜劣汰的残酷。

吉传承了父辈们的经验和智慧，为了有一个安静、安全的哺幼环境，防止人类、家畜的干扰，它选择了高山顶上一个山洼中的洞穴。除了摄影师鲍永清，没有人知道吉选择的这处极其隐秘的家。看得出来，选择这处洞穴它是费了心思的。从大环境看，人类很难发现这个山洼。从小环境看，洞穴的视线又比较开阔，能观察到周围的一切变化。

雪豹妈妈们选择洞穴，都会在高山上人迹罕至、极其隐秘的山崖间，其他动物几乎难以到达。而且为了方便孩子们成长，雪豹妈妈选择的洞穴门口都会有足够的空间供幼崽活动。雪豹选好的领地是不允许其他动物靠近的。

也许是高山顶上常年物种稀少，难免有些寂寞，所以吉对摄影师的出现，表现出了难以想象的包容。

三

摄影师相机的快门声还是引起了吉的警觉，不过它很快又恢复了平静，往摄影师所在的方向看了看，确定摄影师对它和孩子没有敌意后，依旧舒适地躺在地上休息，任由三个孩子在身上爬来爬去。雪豹是夜行性的动物，所以白天它得抓住这难得的机会养精蓄锐，为夜晚的捕食行动做好准备。为了孩子们尽快成长，这段时间，它需要不断进食，以保证有充足的奶水。

在接下来的一年多里，吉的三个孩子要在这处高山洞穴里玩耍、成长，跟着妈妈学习生存的技能，直到长大去独立生活。

最近，附近经常会有牧人和家畜出现，吉不得不时刻保持着警惕。它的孩子们却无忧无虑地嬉戏打闹着。对于它们来说，幸福其实很简单，就是每天能伴在母亲身边，能吃饱肚子。

远处传来的一阵嘈杂声引起了吉的警觉，原来，有一群家羊出现在附近的山梁上，吉决定惩罚一下这些不守规矩的入侵者，它开始行动。

它悄悄攀上岩石，慢慢向羊群靠近。尖锐的爪子、有力的四肢，还有长长的尾巴，让吉在几乎接近九十度的崖壁间迂回自如，展示着它特有的攀岩绝技。

雪豹的主要食物是跟它们同处裸岩地带的岩羊，而且这些年，祁连山大部分地区的岩羊数量正在逐年增长。但是在哺幼的日子里，雪豹妈妈们非常辛苦，白天它们要在洞穴守护自己的孩子，防止它们被金雕、狼、家犬掳走，或者掉下山崖走失。夜间要丢下孩子出去捕食。运气好的话，当天夜里就能捉到食物，天亮前可以回到孩子们身边。但是，运气不好的时候，可能几天都吃不到一顿像样的食物，只能在寒冷的夜里，饿着肚子四处奔走。在这种情况下，雪豹也可能会捕食一些家畜、旱獭、鼠兔等食物打打牙祭，以保证自己和孩子有足够的营养。

和那些群居动物不同的是，独自育幼的母豹需要经历长达一到两年的时间来哺育它的幼崽。这期间，母雪豹拒绝陌生的公雪豹接近和示爱，因为公雪豹为了让自己的后代繁衍，可能会杀死母雪豹先前的孩子。

四

相隔 20 公里的天峻山，是母豹赛丽的家，几天前，它丢下三个孩子外出捕食，至今没能返回巢穴。由于捕食不顺利，它已经连续多日奔波在山里，筋疲力竭。这个区域的岩羊由于受到人类活动的影响，不知所踪。所以，赛丽的日子非常艰难。

三个饥肠辘辘的孩子在洞穴门口的育儿场无精打采地打闹着，时不时望望远处，期待妈妈尽快出现，它们已经饿了好几天了。

五

吉悄然靠近羊群。这些家羊是肥美的，吃上一顿，就可以保证有几天时间它和孩子们衣食无忧了，它也可以趁机休息几天。这时候，草原突然安静了，云雀突然仓皇地飞走了，连天空盘旋的兀鹫都飞到别处去了，旱獭也来不及报警就钻进了地洞，红嘴山鸦闭着嘴，悬在空中，静待事态发展。吉一旦捕猎成功，它也是获利者。然而，笨拙的绵羊没有发现这些危险的变化，只管埋头贪婪地啃食牧草。

终于，吉发起了攻击，它以迅雷不及掩耳之势冲向羊群，一口牢牢咬住了一只家羊的脖子，家羊挣扎着，慢慢断了气。这些家羊肥胖笨拙。对于吉来说，捕捉一只家羊几乎不费力气。

可是，眼看着可以大快朵颐了，它身后突然传来人类的动静，吉不得不放弃已经到嘴边的食物，快速而又无奈地逃走。这个时候，它要第一时间赶去保护自己的孩子。

哺育期的母雪豹异常警觉，对周围的一切充满了警惕，一旦察觉到危险，它就有可能弃窝搬家，严重的有可能抛弃年幼的孩子。人类和家畜的频繁出现，让雪豹妈妈们不得不时刻保持警惕，甚至寝食难安。

六

三天后的清晨，赛丽拖着疲惫不堪的身子回到了孩子身边。它在外奔波了整整三天三夜，尽管没捕捉到像样的食物，但是它放心不下自己的孩子还是匆匆回来了。

然而，令它揪心的事情还是发生了，最小的一个孩子失踪了！

赛丽急匆匆地在周围寻找，低沉的呼唤声回响在山间，但孩子依旧杳无音讯。最后，它不得不面对残酷的事实，回到洞穴陪伴其他的孩子，可是孩子们已经饿得瘦骨嶙峋了。两只小雪豹似乎还没有意识到妹妹已经失踪，还像往日一样嬉戏打闹着。

整整一天时间里，失去一个孩子的赛丽无精打采。它没有更多的表情表达自己的哀伤，只是趴在地上，一动也不想动。有几次，它默默攀上山顶，长久地蹲在地上看着远方，背影里满是孤独和哀伤。

母性是大自然永恒的主题，在充满野性的祁连山里，母性总是那一道最温馨、动人的风景。这些可爱的精灵们，为了延续生命，捕食、育幼甚至牺牲自己，表现出了令人震撼的生命之美。它们在大自然的导演下，共同演绎着生命的真谛。

七

时隔三天后，吉又悄悄潜回捕杀家羊的位置，它的战利品还在，这次它可以安静地吃一顿像样的饭了。同处这片草原的牧人深谙生存不易，千百年来，他们顺应自然，尊重万物，认为雪山之子雪豹捕食他们的牛羊是荣幸。所以，被捕获的牛羊他们一般不会收走，留给雪豹继续食用。

生活在高寒地区的雪豹懂得节制的道理，从不像狼那样贪得无厌，也从不糟蹋食物，这只羊它可以吃上好几顿。

吉的孩子们一天天长大了，它是幸运的，选择了一处安全的洞穴，而且洞穴周围食物充足。因此，孩子们表现得自由、健康，个个萌性十足。

萌性，是所有生命该有的本真姿态，是证明生命个体健康、快乐、和谐的状态，是生命美丽的基本基调。

在大自然优胜劣汰的法则下，能将自己三个孩子带大确实很难。为了快速适应艰苦的环境，小雪豹长到一岁多时，就和母亲的个头差不多了。它们和母亲一起，白天隐秘在山崖间，身上的伪装色，很好地把它们和环境融为一体。夜间，它们就会变得活跃起来，四处觅食。

八

秋天，两个家庭的孩子们陆续长大了。不是每个家庭都像吉那么幸运，充满危机的生存环境总是伴着不幸，赛丽的三只幼崽最终只存活了一只。

祁连山的夏季非常短暂，下一个冬天在寒风萧瑟中不请自来。接连失去两个孩子的赛丽没有时间去悲伤，它必须在等严酷的冬天到来前，带大最后的孩子嘉尼。这个时候，母亲变成了一位严苛的导师，它要将大自然赠与它们的速度和力量传授给嘉尼，让它尽快掌握与大自然抗争的技能。

嘉尼学着母亲的样子，沿雪地的踪迹找到了一群岩羊。没有经验的嘉尼从正面接近这群岩羊，羊群也早早发现了它，却并没有表现出过多的惊慌。

第一次进攻失败了。对于嘉尼来说，这是一次绝好的锻炼，接下来，它必须调整思路，准备下一轮的进攻。母亲安排嘉尼和它分头行动，它们采取了前后围攻的战术。母亲率先发起进攻，嘉尼埋伏在岩石后面。岩羊在母亲的驱赶下，从嘉尼跟前经过，它瞄准目标，发动了致命一击。作为祁连山里的顶级狩猎者，嘉尼很快展示出了特有的生存绝技，王者气势初现。

这次的狩猎成功，是嘉尼的成年仪式，它已经用实际行动证明了自己具有独立生存的能力，这也预示着它将很快要跟母亲分离了。

一位新王即将加冕。

岁月轮回，关于生存和活着的故事，在祁连山这片苍茫的大地上反复上演着，充满了动人的开端和美好的结局。这一天，嘉尼踏上了征途，它要去开拓属于自己的领地，去捍卫雪豹部族的荣耀，在祁连山国家公园这片神奇的土地上，续写新的传奇……

岩画与化石的共同虚构

我们身边还有多少与物欲和利益无关的风景？那里是否存在真正的宁静？是否自然本来的样子？是否能给我们心灵以慰藉？其实，每一个人的心中都有一块这样的风景，暂时去不了，却时时渴望着，甚至在梦中遨游，进行着精神之旅。

——题记

草原无风，阳光温和，大地明朗。通往卢森岩画的路被一道网围栏挡住了。围栏里面是牧人的冬季牧场，随行的人一边打电话，一边瞭望远处的山峦，牧人估计在远处山上的夏季牧场，只是云深不知处。我逡巡在围栏门前，突然，有一种来访深山客的诗意，也有几分却遇柴门闭的尴尬。

下车，决定徒步。

翻过围栏，时间突然就被拉长了。汽车是个极好的交通工具，它可以把起点和终点的距离拉近，也让我们的时间变得更紧凑了，节奏更紧张了，而那种过程感却消减了。

徒步，让我完全地慢了下来，只有将两脚踩到土地上，才能给时间和思想留足空间，身体才能和自然同步，自然与精神同步，脚步与思想同步。我觉得，用脚步去接近你想要探索的地方，会更亲近，更踏实，更容易接近本质。用徒步去接近你想要接近的地方，那个地方也更容易接纳你。

眼前的草原是布哈河畔美丽的草原，是布哈河千万年的冲积扇。这样的草原必然是丰饶的，必然沉积了丰厚的历史文化。牧人去了高山上的夏季牧场，草原很安静，阳光下昆虫欢腾，牧草青翠。偶尔路过草原的藏狐和狼让来自城市的人们大呼小叫。清新的空气在肺里奔腾欢唱，不由让人贪婪地长吸了两口，大脑却在瞬间兴奋了。本来想学牧人吼上一嗓子的，环顾，还是有点害羞，就憋了回去。

卢森就在不远处的草原上，那是平坦草原上突兀出来的一块几十米见方的巨大沉积岩，黑黝黝地立着。当然顶多是一块高台，算不上小山，却多了几分神秘。这是在剧烈的地质运动中被挤压、断裂的岩石层，上面全是光滑坚硬的沉积岩，一层一层，像一本巨大的书。细翻，会有惊喜等着你。

一

卢森是何意呢？请教藏族朋友，被告知是海怪、河怪之类。听完有点愕然，眼前的岩画，无非还是远古先民记录狩猎、祭祀、战斗以及生殖崇拜的场面，何来海？何来怪？

卢森的岩画从线条和内容上看，明显是不同时代刻画而成的。有些线条粗犷，似摹刻而成；有些线条精细，似金属雕刻而成。但总体依然是古朴、粗犷、简单的线条，内容神秘、悠远、古老，让人浮想联翩。岩石上微风习习，太阳当头炙烤，但大家仍流连忘返，都想企图按自己的理解，从岩画中解读出点什么来。岩画是一种神秘的表达,是现代与远古穿越的通道。那线条简单、古朴,却叠加了几千年的历史信息,读起来神秘艰涩,但又充满诱惑。每个人都努力地细细查看岩画,强烈地想要读懂古人的表达意图,以及古人彼时彼刻的所思所想。而我长久地盯着一个地方,幻想着通过这个点,实现一次穿越,身临于千年前的某一个时刻,与古人来一次零距离的接触。

同行的天峻县文化部门的工作人员告诉我,这里是自青铜时代直至汉唐的先民们以锤凿、摹刻的技法,刻画的动物、狩猎、畜牧、战争及生殖崇拜、神灵崇拜的内容,反映了这一地区不同历史时期的自然和人文片段。但是,我看到其中还有一些说不清是老虎还是雪豹的画面,越看不清楚,越让人浮想联翩。

其中一道颇似星河的岩画,让大家充满疑惑,查寻半天,也没有相关资料。我抬头看看蓝天,蓝天深邃,久看就觉得神秘。的确,这里位置突出,四周空旷,是夜观星空的好地方。我不由地想象,原始先民中一个懵懂的少年夜里躺在岩石上,静看星河流淌,突然心生遐想,难以言状,便跃然而起,凿石刻画。先民们的宇宙科学大概都是这样萌芽的。

我感叹这些古岩画线条简单、刻画粗犷,却能触动人心,那是因为古人敬畏自然、敬畏生命、敬重万物,以平等甚至敬仰的视角审视动物,将有些动物视为神灵或图腾,对提供给他们食物的动物心怀感恩。所以,对于动物他们是熟知的,抓住了动物的灵魂所在,只简单几笔,动物的魂魄便附着于上面。这让我想到了唐卡,看似千篇一律,内容一致,线条单一,但总有一种东西震撼着你。

二

看完岩画，一边沉思，一边从岩石台上下撤，满脑子却纠结着卢森的汉语意思，坚信所谓海怪肯定是一种错误的翻译。脚下是一层层的沉积岩，整个这块突兀在草原上的岩石台，被大地之力挤压后斜立在这片草原上的，脚下的岩石可以一层层地分离成一片片的页岩。突然，我脑子一激灵——岩石层里会不会沉积了古老的信息？于是，我快速翻看已经散落在地上的页岩，这一看不要紧，我不由自主地发出了一声惊呼：海底生物化石！

捡到一片巴掌大的海底藻类化石，我的心突然就豁亮了。几亿年前，这里是古海洋！海怪之说不是空穴来风！

因为，地球上的很多地方在几十亿年的地质演变历史中，经历了海洋—陆地—海洋—陆地的循环，一些古老的地球地质信息和距今最近的一次循环的证据被祁连山记录了下来。一开始，也就是几亿年前，地球所有的陆地抱在一起，形成了超级大陆，而海洋自然形成了超级海洋。那时，祁连山包括中国很大一部分陆地都处在古海洋中，这个海洋叫特提斯海。我无法想象，也没有词汇来描述这个海洋的巨大，只能用洪荒来表达它的浩渺。同时，也无法想象这个巨大的海洋彼时的荒芜和沉寂，因为那时的生物多样性可没现在这么丰富。不敢想象，几亿年前的脚下该是什么样子的，可以肯定的是，绝不是现在这样草原辽阔，河水潺潺，牛羊安详。也许，那个时候的这里是一片漫无边际的汪洋，蛮荒原始，一片沉寂。

细看手中化石上的藻类植物，简单却很优美，模糊但很神秘，竟然与不远处的岩画相得益彰。我一遍又一遍地摩挲着化石，仿佛还能感受到它那原始的力量和希望。这些生活在海洋中的原始藻类，可是地球上非常早就有的生命啊。

某一天，当然是几亿年前的某一天，海底火山喷发，大地剧烈震颤，扩张到极限的海洋开始闭合，地球上的海洋板块开始往陆地板块下俯冲。当然，这一过程得千万年乃至亿年计，这一过程伴随着剧烈的地质运动。于是，海洋中的这些古生物在地质运动下挤压到了岩石层中，后在不断的挤压、抬升、隆起等地质运动下，原本的洋壳支离破碎，出露于陆地，成了今天这样的一块岩石台。而远古的祁连山发生了反反复复的造山运动，最终昔日的海洋变成了一座座高山，成了山的海洋。

等造山运动尘埃落定后，大地迫不及待地要生机盎然了。那些冰河世纪留下来的冰川，开始融化，河流便从山间沿着大地的脉络蜿蜒而来。于是，脚下的布哈河从冰洁的岗格尔雪合力冰峰逶迤而来，它冲刷出的冲积扇成了今天这片辽阔平展的草原。几千年前，一队远古先民从远方而来，看上了一块肥沃的草原。于是，他们在这里安定下来，在这里繁衍生息，创造文明。而这块自然突起的岩石块，就成了古人的祭坛，即便到现在，仍是当地人心中神圣的所在。

我站在岩石台上四顾，远处的雪山依稀可见，牧歌从夏季牧场飘忽而来。布哈河从山间而来，从岩石一侧流向青海湖。河两侧的草原绿意盎然，平展辽阔。岩画告诉我，多少年来，这里牧人安详，百兽奔腾，是一片吉祥的土地。岩画上，有人骑射，有人决斗，也有人驾车奔腾，而岩画的动物中包含了这片草原上的牦牛、鹿、马等。可以看出，千百年来这片草原沃野辽阔，是野生动物栖息的天堂，更是牧人的家园。那时的这里，野生动物成群结队，布哈河里鱼翔浅底。人们敬天惜地，按季节按需求举行盛大的祭祀活动。然后，开始在草原上围猎，那喊声震天、百兽奔腾的场面何等惊心动魄。于是，先民们就将这激动人心的场景刻画在了这块岩石上，成为可以触摸的历史，留给今人细细品读那简单线条里的远古信息。

这些岩画是先民最原始的艺术创作。它使我懂得，艺术的真正精神是简单、自然、抽象、真诚。岩画作为先人的精神作品，绝不是他们信手涂鸦，而是心怀崇敬，全力将内心的精神刻画在岩石上。这一过程，倾注了他们的信念和力量，在他们自认为相对可以保存很久的岩石上，表达自由和信仰。那粗粝的线条，定然由千百次的摹刻而成，也定然由千万次的信仰堆积而成，因此，这些简单粗犷的线条才有了摄人心魄的生命力。

三

下到草原上，我的思绪依旧没有从远古拉回来。同行的人也为刚刚捡到的化石兴奋不已。放眼望去，是牧草丰美的草原，是牧人的冬窝子。有了一夏天的恣意生长，这里牧草丰茂，郁郁葱葱，十分盎然。我看看手中的化石，再看看眼前的植物，突然有了一种奇怪的想法：我，海底藻类化石，眼前的植物，草原上的动物有着什么样的关系呢？这是一组可以找到关系的组合吗？

地球上的植物、动物、人类在各自的领域里并行进化着，有着自己的进化历史，但是往前溯源呢？我为自己这个奇怪的问题感到好奇。我们常说一句话，五百年前都是一家，那么往前推若干亿年，所有的物种不就是起源于一个点吗？这么一想，我突然有点兴奋。

的确，这个原点之前的地球上并没有生命。在几十亿年的时间里，单细胞的海洋生物一直是地球上仅有的生物。起初的地球还不稳定，陆地四分五裂，随时会爆发地震和火山喷发，岩浆横流，环境恶劣，空气中充满了烟雾和硫磺气体，含氧量几乎为零。地球有规律地自转着，太阳温暖的照射，地球表面的不断冷却和水汽的增加，慢慢形成了生命必需的水资源。于是，在几十亿年前，地球上出现了海洋，那时的海洋还是淡水，陆地的有机物不断汇入海洋，而且在太阳和地球的物理作用下，部分有机物开始转化成原始蛋白质。之后的几亿年里，原始蛋白质进一步演化，变得越来越复杂，最终在 34 亿年前诞生了最原始的生命。

以后所有的生命不就是从这个最原始的单细胞生物开始的吗？这么看来，所有的生命都具有亲缘关系！

之后的十几亿年到几亿年，是海洋中藻类大量繁盛的时期，出现了多种藻类，被称为藻类时代。慢慢地，海洋出现了翻天覆地的变化，出现了一场大爆炸式的生物演变，一些原始生命开始演化为蓝藻等单细胞生物。蓝藻利用阳光制造氧，地球空气的含氧量开始增加，为更高等生物的诞生创造了条件。地球大气圈中的含氧量逐步增加，最后形成了臭氧层，给地球生物形成了一层天然防护罩，为古生代植物从海洋登陆创造了条件。

也许是海底藻类开始攀上陆地的那一刻起，每一种生物在进化过程中，都努力想通过提高繁衍水平，让自己的种群变得更庞大。所以，眼前草原上的植物一直蔓延到了天边，努力实现着种群无限复制的努力。我举起手中的这个藻类化石，尽管如今草原上植物繁多，但这个化石可是眼前这些植物的最原始形态啊。我把两种有着关系却间隔着几亿年的生物摆在眼前，展开无穷遐想，这是一次不可想象的遐想。

地球在6亿年左右的时候，进入了各类生物空前繁盛的时代。从此以后，地球上的生物遵循着从低级到高级的演化规律，无脊椎动物演化为脊椎动物，脊椎动物演化成更高级的种群，从鱼类、两栖类、爬行类、哺乳类到人类。而我们人类在这些动物和植物之后出现在地球上，约200万年的时间，造物主给了人类最高级的生命形态，仅仅用了200万年左右的时间进化得非常完美。

我站在草原上穿古越今地浮想联翩，逐渐心潮澎湃，突然也有了创作一幅岩画的冲动，我也想告诉千万年后的人类，我此时此刻的所思所想。

这幅岩画里，有人，有动物，有植物，还有地球、太阳、河流……

第三章

生命盛典

怀念火

围一片炉火静坐，你的心间亮堂着，你的内心温暖着。这是来自你潜意识中的原古记忆，这个记忆几十万年来一直温暖着我们。

——题记

有时候，我真的很渴望点一堆火，尽管已经不需要用它来取暖、做饭、防御野兽了。可是，我时不时地就冒出想点堆篝火的愿望。我知道，这是人类原古记忆和精神需求在我身上的表现，是对火的怀念。

一

80万年前的一个夜里，一道闪电照亮了阴冷的山洞，人们恐惧地蜷缩在一起，默默期盼着漆黑、寒冷的夜晚尽快结束，夜对于这个时候的人类是那么地煎熬。闪电过后，从空中掉下了一个火球，击中了洞口的那棵老树。老松树轰然倒地，通体被鬼魅般橘红色的东西缠绕。躲在山洞里的人们被眼前的景象惊呆了，以为这又是天神发怒了，被吓得瑟瑟发抖。许久，有人小心翼翼地走出山洞，试探着走到倒掉的树旁，想要弄清楚这个橘红色的东西是魔还是神。它如此激情地跳动着，吸引着人们。人们陆续走出山洞，围着老树谨慎而兴奋地攀谈着。

他们从未经历过这样的场景，一时不知所措。

慌乱的人们想进一步探究橘红色的东西，因为它看上去并不可怕，有几分魅惑。人们发现，至少眼前这个东西，可以驱走寒冷。而且它出现后，周围未知的黑暗以及恐惧退缩了，看来这是个好东西！有人尝试着用手摸了一下，结果"呲"的一声，人也痛得"啊"了一声，人群不由自主地后退了几步。但有人还是成功地拿起了一根树枝，橘红色的东西在树枝的那头跳跃着，很欢快的样子。人们小心地把它带回了山洞，山洞猛然亮了，暖和了。更有趣的是，这个东西还把每个人放大了挂在洞壁上，那就是人的灵魂吗？

人们震惊、恐慌、兴奋之际，山洞里"哇"的一声，一个男孩诞生了。这一夜，人们兴奋地围着火堆谈论着，欢呼着，最终认定，这个东西是神赐予他们的圣物，需要小心呵护。而那个男孩肯定是这个圣物送来的，于是，大家给刚刚诞生的男孩取名"炎"。

从这一夜开始，火温暖和照亮了人类漫漫的进化路，翻开了新的、光明的篇章。

从此以后，人们通过火学会了很多东西，比如照明、防御猛兽等。恩格斯说："火的利用是人类进化史上新的有决定意义的进步。"

这几日，炎开始与小伙伴们嬉笑打闹起来了。他是部落里同年龄段唯一的一个男孩，又是那个特殊的夜里诞生的，所以，人们特别关照他。原本大家以为炎会有不同于常人的表现，但是，让大家失望的是，他肠胃羸弱，发育不佳，整日无精打采，瘫坐在角落里，成了一副骨架。

有一天，人们发现，那些腥臊滴血的动物肉可以放到火上烤，不但"呲呲"冒油，还能发出一阵阵香味来，人们高兴坏了，因为再也不用生吞猛嚼食物了。这一发现，让人们欢呼雀跃，奔走相告。从此，炎的食欲也慢慢好了起来，身体发生了变化，炎也一天天开心起来。后来，炎还发现，那些啃不动的动物生肉，用火烤过后，就能轻易啃食了，关键是味道还不错。还有一些过去不能吃的植物根茎，烤熟后竟成了美味。

炎一天天长大，并对食物的加工产生了浓厚的兴趣。在他的努力下，人们的饮食习惯、饮食结构发生了革命性的转变。饮食结构的变化，对人类进化产生了巨大影响。熟食的出现，不但使食物的营养结构发生了变化，就连人们咀嚼和消化食物的过程也发生了很大变化。营养增加了，因生食引发的疾病也大大减少了，生活质量得到了飞跃式提升。所以，炎后来发育得越来越好，他的身体特征也与父辈们有了明显不同。而他的部落也在一段时间后发生了巨大变化。

对于尚处于原始人阶段的人类来说，在体质、大脑、智力等方面的发育中，火起到了非同凡响的关键作用。更重要的是加快了他们摆脱猿类特征的过程，最终把人和动物区别开来。所以，是火让人类迈出了从原始人到现代人大大的一步，将人类带进了文明时代。认识和掌握火种，是人类智慧启迪的第一步，从此揭开了人类认识自然、改变自然的新篇章。

从 80 万年前的那一夜开始，火日日夜夜陪伴着人类，山洞不再阴冷，冬季不再漫长。人们围绕着火不断改善自己的居住条件，甚至因为火，过去有些不能居住的地方，也变成了理想的居所。炎长大后，领着部落，带着火种四处迁移，根据季节变化选择不同的住所。有了火的加持，人们不再害怕野兽的突袭。所以郭沫若说，火是人类从自然界获得解放的巨大推动力。

火，就这样对人类产生了巨大的影响。

在一个个大雪纷飞、野兽哀嚎的夜里，火总是最温暖最安全最有希望的依靠。在年复一年的依靠中，火深深地烙进了人类的灵魂。人们就这样学会了使用火，照亮了瀚海般的进化路。从此，火种留在了每一个人类的记忆里。即便到了火越来越远离寻常百姓家的现代，不管是什么民族的、什么年龄的，只要见到火，人自然就有一种莫名的亲近感，都会不自觉地凑上去，残存于意识中的原古记忆就会被激活。

冬日的户外，如果有一堆篝火，一群并不熟悉的人就会围坐在一起，毫无隔阂地攀谈起来。火除了可以消除寒冷和人们旅途的疲劳，还可以消除人们之间的距离和隔阂。在火的温暖下，再陌生的人都会自然熟络起来，话语变得亲切。

尽管人们不可能会记起 80 万年前的那个夜里首次发现火种的兴奋和伟大，但是人们在见到火的那一刻，原古记忆便会变成一种不自觉的行为。不管是蹒跚学步的孩子，还是垂垂老者，都会表现出想去照看、呵护火堆的行为。这个时候的人们会很兴奋，很幸福，都愿意为这堆火奉献点什么，哪怕是捡一点枯树枝，哪怕是往火堆上添加一点树叶。人们眼睛里闪烁着原古的热情，谈话的方式像极了祖先围着火堆商议捕猎事宜的场景。

记得小时候，火还离我们那么近，我们对火是那么亲近。一家人围在一堆火旁，"嗡嗡"地说着话。在火的照耀下，大家都觉得幸福、温暖。小孩子得到大人们"去捡拾一些柴火，或者照看火堆"的指令后异常兴奋，就像领到了一件十分神圣的任务，责任心瞬间提升，比干任何事情都起劲。而没有大人在的时候，小孩子们变着花样玩火，也因此没少闯祸。

即便是现在，火依然是人们心中深深的怀念。到户外去烧烤，越来越受现代人欢迎。大家围着烧烤炉忙活半天，颇似原始人类围着火堆烧烤食物。这个时候，人们不在乎吃到什么，哪怕是半生不熟，哪怕是茹毛饮血，都很开心，因为找到了意识里的那份记忆和温暖。

火就这样进入人类的血脉和文化，成为人类文化、宗教仪式以及生活中最重要最神圣的构成部分，也成为人类与大自然对话的一种典型方式，千万年来从未改变。

二

一定要让孩子参与一次点燃篝火的仪式。

因为火是自然野性的代表，是希望是活力是激情的表现。当然，选择合适的时机和地点很重要，首先必须防止引发火灾。

我儿子小的时候，我就经常带他去户外生篝火，让他体验生火的那种仪式感。整个过程中，孩子都很开心，非常乐意参与每一个细节。直到上大学军训时，他才发现这种体验带给他的重要性。在生存训练时，教官只交给大家一堆食材和柴火，就不再管他们。儿子能轻车熟路地生着火，很快做熟所有食材。尽管这顿饭菜里调料组合出来的味道不难想象，但至少是熟的。再看看其他组的同学们，手里拿着柴火，哭丧着脸不知所措——这一代人已经断了与火的联系。

三

多年前的初春，我去了长江北源曲麻莱县曲麻河乡勒池村，这里处于三江源腹地，几乎是无人区。回撤的时候，车轮陷进了开始融化的楚玛尔河（长江北源）的冰面。眼看太阳就要落山了，河谷里的气温急剧下降。大家都很担心，一旦天黑前不脱险，很有可能会冻死在这里。于是，大家不顾冻得通红的双手，抓紧轮流刨冰。在歇息的间隙，我大口喘着气，回头看到远处山谷里有一顶牧人的帐篷。烟囱里一股炊烟升起，估计是牧人正在做晚餐。我知道，此刻帐篷里必定是炉火旺盛，奶茶飘香。那种温暖令人向往，我甚至期盼着夜宿这顶温暖的帐篷……

随后，我们又赶往位于可可西里边的五道梁。我们是夜里两点到达海拔5000多米的五道梁的。没想到的是，房间里已经有一个被烧得通红的炉子在等着我，足见主人家的用心。此刻，外面风大雪大，风雪弄出了地动山摇的动静，还不时往门缝里灌。望着炉膛里暗红的火苗，我渐入梦境，整夜安详幸福，睡得十分踏实。早晨，神清气爽，在海拔5000多米的五道梁来回跑了两趟……

没在雪域生活过的人，恐怕很难想象火在茫茫草原上的重要性。牛粪和火是草原最美丽的组合，这对组合给了草原人多少依靠和温暖。帐篷里，古老神话和英雄故事的延续，美丽爱情的浪漫，全部维系在这对组合上。牧人甚至用牛粪火煨桑来祷告神灵，倾诉心扉。

真的很难想象，如果没有了火，茫茫雪域还会不会有人烟和亘古的神话存在。

如今，生活在暖气屋里的我，时常渴望有一个炉子——在冬日里围着炉火，安静地看书、写作。其实，我期待的是火给予我的心灵抚慰、温暖和陪伴，在现代化的生活里，你我都太孤独了……

回　乡

曾经，我们以最快的、最决绝的态度离开了我们生活的原乡，理由是那里落后、闭塞甚至愚昧。可是，多年以后我们又以最强烈的情愫思念着我们的故乡，最强烈地渴望回到故乡，然而，故乡早已是我们回不去的故乡。

——题记

小时候被我占领过的山谷，如今却被蝉鸣占领了。一波高似一波，耀武扬威地，而且中间不时还夹杂着一两声挑衅的鸣叫，尖锐而肆无忌惮。面对瀚如海洋的蝉鸣，我没有了丝毫的征战欲望，也许是因为早已过了那个争强好胜的年龄。

年少时，看到这种场面，我是不依不饶的，会找来一根长木棍，邀来三五伙伴，发起攻击。一根高出我们四五倍的长杆被我们共同抱定，往树丛深处一扫一搅，就有身体黑亮的蝉噼里啪啦摔到地上，整个山谷瞬间就消停了，好像所有蝉的嘴被谁一把捏住了一样，戛然而止。偶尔有一两声实在憋不住的声音，迅速就被同伴禁了音。一时间，整个山谷的蝉都知道，那几个混世魔王又出现了，就像碎娃被姥姥告知狼来了一样。

也许，在炎热的夏日里，大人们也是不堪蝉扰，不但任由我们捣天捣地，而且还时常帮我绑那长长的杆子，很长，长得我们不由发出兴高采烈的叫声，就那种自己调皮捣蛋的行为受到了大人鼓励的兴奋。

看着蝉被征服了，几个捣天捣地的混世魔王迅速消失在山林里，去祸祸下一个目标了。许久，憋坏了的蝉开始试探着叫两声，然后又肆无忌惮地鼓噪成一片。直到这个时候，树下假寐的大人会抬头四顾，这几个混世魔王去哪儿了？

一

此刻，我并没有理会波涛一样甚至有点向我宣战一样的蝉鸣，努力分辨着儿时走过的小道，试着往里去探探。儿时四通八达的小道，如今却依稀难辨，十分难行。没有了人的干扰，曾经空着的地方早已被相互交错的树枝争先恐后地占领了、封上了。在这一片山林里，灌木和乔木也时时争夺着有限的空隙和阳光。我看到那些看似杂乱的丛林，其实是有序的，当然也是从一开始的杂乱，慢慢变得有序了而已。

我费劲扒拉着树枝前行，两只牛虻却一前一后，一左一右，像两架轰炸机一样，企图夹击我。那轰炸机一样的"嗡嗡"声，使得你不得不有所忌惮。这家伙口针锋利，性情凶猛，会吸食牲口的血，也会叮咬人。儿时，山里有牛羊供养着它们，现在突然间出现了一个这么优质的行走着的血库，它们该有多高兴啊。我甚至看到了它们摩拳擦掌的样子。它们一轮紧似一轮地向我发起攻击，我心中便渐渐有了怒火。但是，这家伙是长有复眼的，飞行又很敏捷，打落它们实在太难。可是在我记忆里，它们是又懒又笨的，而且死乞白赖地，打落它们易如反掌。想必那时的它们常常喝足了牛羊血，才会被我们打得四处飞溅。如今，多年不见，它们也变了。

打也打不下来，赶也赶不走，我对它们恨得咬牙切齿，却突然看到，脚下空地上一只硕大的牛虻被三五只蚂蚁举着，兴高采烈地在奔跑。嗨，你也会有这样的下场啊！我不免开心了一些，怒火也平息了不少。但一个问题也随即冒了出来，这些年村里人羡慕着外面世界的精彩和便捷，陆续都搬了出去，没有了牛羊牲口，牛虻的生活方式是什么？估计也活该倒霉了这里的野生动物，但是，相信野生动物不像家畜那样好欺负。

再往前，路彻底被一片荆棘封死了，原来沿着这里可以通到山谷的小溪旁，可以找到一些野果子吃。

我站在荆棘前犹豫，硬往里闯还是就此返回？这时，荆棘丛上一只感到异样的蜘蛛钻了出来，我知道，它正在打量着我，而且并没有被我这个庞然大物吓着。跟蜘蛛对峙了一会儿后，我还是决定退出去。

其实，我知道这片林子早已回归成了自然本该有的原始状态，而我是不受欢迎的闯入者，硬闯下去势必会被什么抵抗，不定会受到什么样的攻击。所以，这片山林对于我，充满了未知的危险和恐惧，就像美国自然文学作家巴特姆说的"里面充满了恐怖"。这里已经不属于我，我也不受这里欢迎。

我悻悻然环顾四周发现，其实受到某种攻击的不止此刻的我，原本那些被家伯悉心照顾过的核桃树、花椒树、桃树明显瘦弱不堪，树叶大多被虫子啃食得残缺不全，树上挂着稀稀拉拉的几个果子。这些树木被人类驯化后，在人类的悉心照顾下，曾经活得十分滋润，每年都要给人贡献非常丰硕的果实。现在被人类遗弃了，周围的杂草、杂树一拥而上，轮番地侵占着它们的空间，抢夺着它们的养分。当然，也有的树再次野化，和周围充分融合了，并且已经具备了抗击自然界风险的能力。而那些来不及变化的，甚至还幻想着人类的照顾、迟迟不肯变化的，就成了这里的异类，面临着最终的消亡。

二

村里人陆续迁出了，只有家伯和一个邻居固守着家里那两孔窑洞，不愿意搬迁。

人走地空，植物快速扑上去，补充了空缺。我突然想到了纪录片《人类消失后的世界》。影片里所陈述的事实在这里不就是一个最好的例证吗？根本不需要假如。这里正在大自然愈合力的影响下重返荒野。在没有人类干预的情况下，这里重启了弱肉强食、优胜劣汰的自然模式，这种自然界的残酷给我一种异样的震撼！

所有被人踩踏出来的四通八达的路，如今全部被植物争先恐后地占领，已经无法使用。所有曾经住过的窑洞已经残破不堪，首先攻上墙面的是苔藓，一点点剥蚀着曾经的人类痕迹。窑背上几棵大树有力地将自己的根系朝窑洞内延伸，造成了局部的坍塌，而且坍塌依旧持续着，因为那些根依旧延伸着，看上去很有力。仅仅两三年时间，大自然在这里的恢复速度如此之快，令人咋舌，看得出，不消几年，掌控这里的依旧是大自然。

三

曾经，这里就是我的整个世界，外面的世界遥不可及。外面的世界再大，也没有这里大。如今，这里突然变得这么小了，小得只消开几分钟车程，就可以从镇上直接到窑洞口了。小得站在山顶就能看完全貌；小得原本我爬一天都爬不完的山沟，现在只需个把小时，就一览无余；小得喊上一嗓子都听不到回音了……

接着我发现，我曾经的世界其实正在以更快的速度变小：曾经那个遥不可及的外面的世界已到达眼前，山梁公路上的汽车快速穿梭着、轰鸣着。山顶上一排偌大的风力发电机向远处延伸着。这东西居然如此突兀和强势地出现在我曾经的世界里，让我始料未及！

我知道，生态保护和现代文明在很多情况下，是以矛盾体甚至是敌对关系出现的。人类在地球上存在了这么多年，如何解决发展与保护的关系，也已经提上了人类生死攸关的议事日程。可当这样的事实，如此近距离地出现在面前时，还是对我产生了巨大的触动。我曾经游走于三江源地区，为那里的生态保护鼓与呼。那里的生态固然与人类的未来有关，但于己始终未到切肤的地步。而如今，童年的世界就在自己的面前，一面正在快速地愈合，一面又陷入到更大的危机。那可是我童年全部的世界啊！如今正在我面前加速崩塌，而我无力去改变。

跟很多时候一样，我选择了沉默，除此之外，我还能干什么呢？

四

家伯说，现在地里的虫子太多了，种点菜几乎喂了虫子。我突然在想，人与自然一直在做着你进我退的博弈。早些年，村里人多的时候，这里果树成荫，土地井然，鸡犬相闻。那时，对面的山坡甚至山谷的坡地里，都有人家开垦出来的土地，地里的庄稼和蔬菜绿肥红瘦，一片盎然。如今这里全回归野性，唯独剩下家伯窑洞附近的一点地了。很明显，这个时候人类处在野性的包围中，野性在身边肆意野蛮。当然，人处于劣势还有一个原因，就是家伯一直坚持不肯用农药、化肥之类的东西，那些是人类掌握的绝对可以制胜自然的武器。就像曾经的原始社会阶段，人类与自然的博弈中始终你来我往，难分胜负。当有一天枪出现后，形势发生了毫无悬念的变化。随后，科技不断发达，人类用绝对的姿态开始傲视自然，改造自然，甚至破坏自然。

当然，我知道家伯的坚守并不是一种自觉行为，他最朴素的想法，只是觉得自己吃的东西不能被农药和化肥污染，而没有自觉到拒绝化肥和农药是为了保护大自然。

这次的回乡是我若干次回乡中间隔时间最长的也是感触最深的一次，是自从我筹办了自然保护协会，干上生态保护事业之后的第一次。也许是职业使然，在如今生态文明占到主流的时候回乡，我看到原野的自我恢复，多少有些欣慰。但是，故乡那正在发生着的伤害，引起了我的担忧，可是，我只能无语沉默。

五

家伯拒绝了所有儿女邀他去城市生活的请求，选择留在山里，选择了庵衣糙服、粗茶淡饭，把一堆的疑惑和不解留给了儿女。他每天劳作，很少见他休息。其实我知道，他是选择了那份自由、自在和恬淡。现代人为了城市物质的充裕和生活的便捷，宁可放弃自我，放弃生命的舒张和精神的自由，享受着物欲满足后的安逸，但却也忍受着精神的压抑，内心的不快乐。

我没有理由责怪那些坚决放弃山里艰苦生活搬出去住的村里人，我知道这是一个由来已久的矛盾体。越来越多的现代人不懂得孔子一箪食一瓢饮的快乐，不懂得梭罗简约再简约的生活方式，却不断给自己累加一些东西，这些东西可以满足人们的虚荣心，可以在都市生活里给自己赢得地位、社会价值和存在感。于是，就努力争夺来背在自己身上，并乐此不疲。但由此，我们的社会环境和职业生态越来越变得勾心斗角、尔虞我诈，甚至出现了越来越难以想象的、突破人类道德底线的现象，人性的复杂在今天越来越表现得淋漓尽致。于是，我们越来越不快乐，越来越压抑。当然，我们也很清楚怎么去寻找快乐，怎么样可以找回快乐，那条回去的路一直就在那里。但是，我们谁也舍不得卸下身上好不容易争来的那些盔甲。拿起盔甲，丢掉精神的尊严和灵魂的自由。我们越来越固守着那些所谓的功名利禄，那些只能放置我们的躯壳，无法安放我们的灵魂的房子、车子、职位、光环。

背着重重的盔甲我们在城市步履沉重，内心压抑。于是，每次回乡，每次见到家伯，我就感觉浑身轻松，感到久违的亲切，内心逐渐安稳。为此，我有过无数次的幻想：放弃一切回到家伯身边，和他甘受孤寂，稼墙耕耘，终老山林。但那也只是幻想而已。过不了几天，暂时被我抛弃的那些没完没了的世俗牵绊，重新又跟我有了链接。

儿女们来了又走了，山里的天黑了又亮了，家伯依旧不慌不忙地在劳作。每次别离他总是淡淡一笑，这笑里有对我们的牵挂，有对世俗碌碌的看淡，也有对我们越来越累、越来越富足、越来越不快乐的无奈。

一声"你走呀"，山里的日子又恢复了平静……

林涛树语

回到自然，走进自然，观察研究自然，并从自然中获得能量和快乐，得到精神的慰藉，应该成为现代人的一种时尚，成为人们追求的一种有益的生活方式。恐怕这也将逐渐成为治愈现代人，尤其是年轻一代现代病的最好的自然处方。

——题记

我们有多久没有听到过大自然的声音了？

在向所谓现代文明演变的过程中，我们失去了很多属于自然属性的能力。比如，我们对自然感知能力的下降，我们对天籁之音的无动于衷，我们日渐迟钝的五官……小时候，我们能听到很多微小的大自然的声音，且对它们充满了好奇和兴奋。比如，麦穗在月光下抽穗的声音，鸟儿在夜里呢喃的声音，草芽发芽的声音，月光下田鼠在地里乱窜的声音……那些声音都是自然远古音乐的延续，一直都在那里，只是我们越来越不在乎，越来越听不到了。因为，我们越来越不用心去听了，我们的听觉越来越迟钝了……

一

大自然有几种基本的我们再熟悉不过的声音：风声、雷雨声、动物叫声（其他非自然的声音除外）。当然，还有一种声音，我们是不是一直忽略了它的存在，或者你压根就没有注意过呢？——林涛。以前从没有对这个词有什么真切的感受，甚至怀疑是不是一个规范或者存在过的词。当有一天在祁连山腹地，在一片森林前，真实感受到那一幕后，我才明白了这个词的意义所在，进而有了更进一步的感悟——树也有自己的语言。

这里属于祁连山中部地区的一处山谷，处在东部季风庇护的边缘，山谷里森林密布。

午后的山谷非常安静，但远处的南山上长云压雪山，酝酿着风雪。很快，风从山口送来清冷。山雨欲来风满楼，风来了，树是先知道的。远处山口大片的青海云杉突然向山谷里倾斜，紧接着，一波海浪似的声响在山脊那边响起。我很是诧异，甚至有点惊恐——那声音分明是海浪从海上向岸边涌来的声音！果然，"海浪"越过山脊涌进山谷，且浪一波接一波的。一时，山谷里林浪滚滚，涛声阵阵。

哦，原来这就是林涛啊！

我突然有点恍惚，难道几亿年前的那个海洋——祁连洋，以这样的形式隐身于高原上，风起时，海就会涌起浪，来讲述亿万年前关于那片汪洋大海的故事。如此年复一年，祁连山便有了海的原古记忆？

此刻，我就在一片"汪洋大海"中了，一波又一波由云杉涌起的浪，排山倒海地扑向山谷，扑向我。我被浪裹挟着，在茫茫林海中，随波逐浪。其实，远处的云杉并没有离开原地，只是用一种声音的形式、浪的形式，前拥后呼，将我裹挟，使我彻底领悟和明白，林涛真的存在，而且不逊海涛。于是，我轻轻闭上眼睛，任凭被风裹挟着，感受在林涛海浪中孤帆远航、长风破浪的豪迈。

二

这是属于一片小树林与风的温婉。

家乡门前的小树林告诉我，夏日风的声音多半是树发出来的。高原的树在夏日从不闲着，所谓树欲静而风不止。树一摇，叶子就会有"沙沙"的声音，叶子一发声，风就很开心。突然，所有的树都开始摇了，"沙沙"声响成一片，仿佛大礼堂里热烈的鼓掌声。其实，这是为更大的风做铺垫——它要来了，所有的树，包括还在地面上的树苗们也跟着摇起来了，而且越摇越狂野。这时的风声里"呼"带着"吼"，人是能感受到这种威力带来的震颤和危险的。于是，就会在内心里祈祷：希望不要出现比这个更狂野的风了。

叶子很机灵，风一大，它们就把背面迎向风，难怪叶子背面比正面粗糙很多。突然地，所有的树摆正了身子，不再摇了，小树林一下静了。这突然的静有点诡异，总感觉背后有什么阴谋。少顷，零星的"沙沙"声此起彼伏，窃窃私语地密谋着什么。我看到了——下一波的摇晃果然带着预谋从林子一侧开始，像海浪一样向另一边涌了过来。前面的一浪还没到达我这个岸边，后面的一浪已经涌起。

突然，风戛然而止。

此时所有的声音都息了，耳边是远处山峦间的风声，遥远而清晰。而林子里只有一两声喜鹊小心的叫声。所有的树突然垂头丧气的，有的耷拉着叶子，有的无精打采毫无活力。看来，风的精彩靠树去演绎，树的活力要风来激发。所以，安静了的树林，翘首企盼着风。

这一下午，小树林就在海的节奏里乐此不疲，一浪不息一浪又起。在属于风和树的专场里，所有鸟儿都噤声了，它们知趣地躲了起来，它们不想跟着风去疯，蓬头垢面不是它们的风格。

傍晚，太阳落到了西山头，晚霞烧红了天。这个时候是属于太阳的盛典，风很晓得分寸，收手了。这一下午它出尽了风头，知趣地从大地上溜走了。小树林立正，齐刷刷，士兵一样，举目向太阳致敬，感恩太阳这一天光和热的给予。

三

高原是粗犷的，野性的，可不都是风与树的轻歌曼舞。

我领略过林涛依旧的浪漫和小树林与风的温婉，也经历风雕琢戈壁的粗暴和狂野，也敬佩过梭梭林与风的亘古抗争。

那年，我徒步走进柴达木戈壁诺木洪额木尼克梭梭林露营。梭梭是一种古老的树种，生于戈壁荒漠中，是盆地、沙漠中生长的最佳植物。这里是柴达木盆地保护最完好的原始梭梭林带。去之前，对梭梭林几乎一无所知，当第一眼看到这种在大漠中用悲壮演绎生命精彩的植物，我就知道这是一种看一眼就终生难忘的植物。

其实戈壁里的梭梭林并不是林，只是梭梭稀稀拉拉地生长在沙漠戈壁上而已。称其为林，我估计一是远古时期这里曾经绿树成荫，古树参天，梭梭是遗留下来的原始树种。二则，也许是如今饱受风沙之苦的戈壁牧民，对森林和绿色的一种美好期盼和心愿吧。三则，相对于这样赤面朝天的环境，梭梭依然成林了。

和其他的沙漠植物一样，梭梭几乎以匍匐的姿态在大漠里生存着。这是和风有关的姿势，是战斗的姿势。而且，每一株根据环境不同，又都做出不同的姿态来。有的叶子长一些，有的根系长一些，但每一株的姿势都是那么动人心魄。尽管它的叶子是绿油油、脆生生的，枝干却老秋横生，饱受风的雕琢。如果不是它的叶子，你绝对会认为它的枝干已经枯死。

烈日当头，我埋头行走，风从四面八方蹿来，悄然在我身边聚拢，阻碍着我的行进。我挥汗如雨，气喘如牛，艰难地走在寂寞的戈壁。风到了每一株梭梭那里，总要纠缠一会儿再离开，梭梭发着"嘶嘶"的声音。整个戈壁滩只有这一种声音，有几分悲凉。戈壁滩上不时能看到一些动物的尸骸，风剥离了上面的皮肉，一堆白骨森森刺眼。在这种生存几率极低的地方，风拿走了剩下的所有几率。身边唯一有活力，且能给我心灵慰藉的就是梭梭林。

太阳很快隐入天边灰白色的冷雾中，无情抛弃了还在戈壁上低头前行的我及其他不多的活物。就在太阳冷漠地隐入天边的那一刻，"嘶嘶"声骤然变大，肆无忌惮起来。这种风与梭梭的合奏成了白昼的挽歌。夜不请自来，我停下脚步，感觉行走已经毫无意义。我环顾四野，荒野上无所依靠，唯有身边稀稀拉拉的梭梭林。我找到一株较大的梭梭，依着它支起了帐篷，但愿它能在这荒野中助我度过未知的一夜。

夜幕的降临给了风肆虐的理由，并带走了戈壁上仅存的一点温度。凄冷的戈壁有点落寞，风像幽灵似的在戈壁上肆意游荡，好像要替夜摄取所有生灵的魂魄，我赶紧钻进了帐篷。可怜的帐篷不足以抵抗戈壁的风，东摇西晃，摇摇欲坠。

我在期待风能小一点，风却肆虐了整整一夜，直到太阳露脸时，才知趣地退去。这一夜，风和身边的梭梭林给我演绎了一出荒野大剧。

刚刚钻进睡袋时，我用掉了一两个小时去适应风和梭梭林完全杂乱无章的合奏，我努力想从中总结出点节奏或者旋律来，好伴着我入睡，可是那种粗暴杂乱的声音只有让我心惊肉跳，让我变得烦躁。好不容易迷迷糊糊适应了这种环境，突然我警醒了，清楚地听到了狼围着我的帐篷"沙沙"地在跑动。这让我汗毛直立，紧张万分，握紧了徒步的手杖，做好了狼扑倒帐篷一瞬间的反击准备。然而，狼一直围着帐篷在跑，并没有扑倒它。我让自己放松了一些，并透过透气孔往外窥探。帐篷外的一切在凄冷、吝啬的月光下朦胧魅惑，四周除了依稀看见的梭梭林和有些魅惑诡异的地貌外什么都没有。看来这声音是风和梭梭林制造的，没准是恶作剧呢，我重又钻回睡袋。

可是，这一夜我根本无法放心入睡。刚准备要进入梦乡的时候，这声音又变了，"噗沙噗沙"的，好像是一个大型动物奔跑的声音。"是熊！"我一机灵坐了起来，心狂跳不已。如果真是熊，我的小命就交代在这里了。但我很快反应过来，这声音肯定又是风和梭梭林制造的特效。因为来前对这条路线的安全还是做过理性的研判的，更何况同行者中还有持枪的警察。但是，出于对捕食者警觉的原始本能，我还是打开帐篷查看四周，四周依然如故。我狠狠地发誓，后面哪怕再出现天塌地陷的声音，我也将不为所动。

之后，我真的就再没有起来，即使后半夜风搞出了撕裂一切的动静，我也钻进睡袋不为所动。但是这一夜，风夺走了我所有的睡眠。这一夜，风和梭梭林送给我太多的精彩音效。让我佩服不已的是，风居然可以模仿大自然中各种狂野的声音。一会儿地动山摇的，仿佛是地震来临。一会儿轰隆隆的，是风暴略过大地的声音。一会儿气势磅礴的，仿佛千军万马奔腾而过……搞得我疲惫不堪。

看到太阳照到帐篷顶的时候，我才长长松了一口气，完全放松地睡了一小会儿。

四

有一些声音是可以入耳入心的，是可以净化我们的身体和心灵的，哪怕是风在戈壁沙漠中的肆虐，哪怕是电闪雷鸣风雪交加。每一次走进自然，周围就只剩下大自然的风声雨声河流声和鸟鸣虫吟，偶尔风起，无比惬意。而这种声音反倒加重了宁静，但这份宁静对于现代人是一种奢望。在大自然当中，这样的宁静会扑面而来，身体很快与自然融为一体，然后就可以闭上眼睛，毫无杂念地睡上一觉。这份宁静足以让我们卸去生活的重压，无忧无虑地在大自然的怀抱里安心睡去，进而获得新的能量，去精力充沛地面对生活。

你听，林涛声又向你涌来，小树林又开始温婉……

蒲公英
心中有大树

蒲公英与树本是两个互不相关的物种，可是，我发现，蒲公英的心里有树。

蒲公英到处存在，但我们却时常忽略它的存在。直到每年高原结束长冬开始变绿，它将一朵朵鲜黄的花绽放在我们面前的时候，我们才想到它，悠悠说一声：哦，蒲公英。至于年轻时，吹着它的种子玩的岁月，也只有在这时，偶尔泛上忆海。至于蒲公英的很多生存秘密，却是不甚了然的。除非有一天，你细细观察它，它才会给你诸多惊喜。

一

之前没想到，蒲公英也是一种离不开太阳的花，堪称太阳花。

由于传播种子的方式和坚韧顽强的生命力，蒲公英随处可见，它总是在多样的世界里昂扬向上，不同的月份里，在不同海拔的地方灿烂。在农村的田间地头，在城市的花园，在道路的两侧，在空旷的草地，在高海拔的草原，甚至在残砖烂瓦的废墟、钢筋水泥的缝隙里……不管在哪里，它都努力地举着花，积极地向上着。有趣的是，为了能充分得到阳光，不管是在什么地方，它的花都要高出周围的花草。原本以为它也就能长一二十厘米高，后来发现，它的身高取决于它生长的环境。发现了这个规律后，我有意识地观察，看看它到底能长多高。

在平坦的草地上，它的身高也就几厘米。在草丛里，它可以长到一二十厘米，始终保持自己的花优先享受阳光。如果种子不小心长在了灌丛中，它也敢跟灌木试比高。它依然要努力地让自己长得高一些，纤细高挑的茎秆尽力把花送到最上面去，要保证让花得到最充分的阳光，使它的种子传播时不受影响。这样一来，它就能长到三四十厘米！这个高度已经超出了我的认知。在一片忍冬植物灌丛中，蒲公英高挑着自己的黄花，鹤立鸡群似的骄傲地挺立着。我不得不佩服蒲公英的生存策略和生长智慧。

然而，它给我的惊喜远不止这些，在之后的观察中，它的身高不断在刷新我的认知。直到有一天，发现了一株足有 65 厘米高的蒲公英后，我彻底被它折服了。为了追求太阳，它硬是把自己长成了树的样子！

在所有黄色的花里，蒲公英的花黄得最纯，最耀眼，最鲜亮。这么看来，那是因为它的花吸收了最充分的阳光。因此，越是艳阳高照的天气里，它的花开得越是鲜黄、耀眼，因为它根本不怕太阳晒。傍晚，太阳落山了，它也将结束一天的灿烂，花苞闭合起来。要是在阴天，或者下雨天，蒲公英也把花合在一起，不肯开放。可见，它的花只肯为太阳开放，也是为了绽放出最纯粹的黄颜色来。

为此，我想到了一个测试方法：拿了几个饮料瓶盖子，分别把几朵蒲公英的花扣住，让它们见不到太阳。半小时后，我拿起盖子，发现见不到太阳，它们的花瓣有点蔫，没精打采的样子。但是，它们是倔强的，并没有因此垂头，或者就此死掉。

蒲公英的坚韧、顽强是出了名的。在瑞典文化里，象征着健康、蓬勃。因此，瑞典俗语里有一个词叫"蒲童"，意思就是蒲公英般的儿童，称赞那些不论在何处都能像蒲公英一样健康成长的孩子。

二

蒲公英的花越是努力往上长着，它的叶子就越是努力贴着地面生长，把所有的风光全给了花。所以，我们总是最先见到它鲜黄的花，它的有裂齿的叶子要么贴在地面上，要么和周围的植物混在一起，全没有像花一样的特立独行，花却是那样高傲，叶子却又是那样谦卑和普通。如此看来，蒲公英最精彩的是花，最伟大的却是叶子。

在最初的观察中，它的花抢了我的眼，以至于忽略了它的叶子。由于把营养和精彩全给了花和种子，它的叶子只是极为普通的大锯齿形的叶子，并不显眼。

可是，它的叶子两侧为什么要呈基本对称的锯齿状呢？有人说，这样是为了减少太阳灼晒的面积，也有人说是为了减少风阻。由于不断看到有人采食蒲公英，我立即想到了它的叶子的味道肯定是鲜嫩、美味的。于是，就摘了一片打算学神农尝百草，发现叶子断裂处立刻会渗出一些乳白色的汁液。哦，原来叶子通过光合作用产生这种富有营养的汁液，再通过中空的茎秆，把汁液源源不断送到花上去。它的花升多高，叶子和根就负责提供多少的营养。

我知道，不管是虫子还是人类都有吃新鲜叶子的习惯，从人类喜欢采食蒲公英的习俗可以看出，蒲公英的叶子不难吃。那么，叶子上这种锯齿状是不是它在模仿虫齿印？这样可以让虫子和人类认为这些叶子是别人啃过的牙惠，而不想下口。生物都有模仿的智慧，我觉得，蒲公英叶子上的锯齿状是为了减少风阻、阳光晒伤或模仿齿印，这就是这一物种在进化中积累的生存智慧。

至于味道，需要我们焯水后加调料凉拌才好吃。

三

高原上的春天总是姗姗来迟，哪怕有一点春的讯息，蒲公英就会开花，最先给人们春的喜悦和讯息。因为高原的冬天太漫长、太无趣、太无彩了。所以，每年开春，其他植物还在忸怩作态时，蒲公英毫无保留地将一朵朵灿烂的鲜花高举头顶，装扮了高原的春天。秋天，当草原上其他花早已凋零时，依然能看到蒲公英到处开放的影子。

每年开春，灿烂的蒲公英会引来一些妇女手拿小铲子到处采挖，餐桌上就突然有了一道初春的野味，一家人也颇感新鲜。当然更多的是大家都相信，采食蒲公英能治疗很多病。要么新鲜着吃，要么采了晾晒干，泡茶喝，也算是给生活一个希望。在中医里，蒲公英属味苦、甘，性寒，归肝、胃经，是药食兼用的植物。因此，老百姓也总结了一些蒲公英可生吃、炒食、做汤之类的吃法。

开在初春里的蒲公英是寂寞的，因为高原上这个季节的传粉者都还没完全苏醒，它努力绽放的花朵没有吸引几个传粉者到来。于是，它就努力让自己的花期长一些，等待着传粉的昆虫赶紧醒来。可是有些角落里的蒲公英尽管开得很努力，却迟迟得不到昆虫的青睐，于是它就自我传粉。一旦受精后，蒲公英的花苞再度合起来，孕育一段时间，等它再次打开时，就把伞状的冠毛结成的绒球呈现给我们，上面结满了它的种子，足足有一百粒左右。绽放的绒球颤颤巍巍着，好像是蒲公英又一次开花，甚是招人喜爱。

一对情侣走在湟水河湿地公园的草地旁，他们各自采了一株蒲公英的绒球，拿在手里，满眼的浪漫。瞧，他们开始比赛了，他们叽叽喳喳笑着，看谁的"小降落伞"飞得更远。随着"噗""噗"吹出的两口气，"降落伞"瞬间飞翔在他们眼前，逶逶迤迤，摇摇曳曳，有那么儿只乘风而上，飞得很远，情侣的笑声也随之而起，银铃般的笑声和蒲公英的"小伞"一起飘飞。

就这样，蒲公英给情侣一份浪漫快乐的同时，也借由他们把种子传播出去了。

有了这样的智慧，妇女们发现，每年总有采挖不完的蒲公英。

《剩水剩土》
与栖居审美

我们有万物齐一、天地人合一的传统理念，强调人不是顶天立地的主宰，而是与天地共同参与世界创造的，是万物和谐共生关系的主体。可是，人类中心主义思想为什么这么盛行呢?

——题记

自然并不只存在于"荒野"，它还保留在古老的乡村之中，正如地理学家段义孚所说："在农耕神话中，乡村是去平衡城市与荒野两个极端的理想中间景观。"它介于城市和自然之间，可以说是自然的一种延伸。所以，相对于陌生的荒野，乡村是我们爱怨交织的故土和家园，而"这种所谓'中间景观'或许正是'自然写作'取之不竭的创作源泉"。

想必，王文泸先生写《剩水剩土》这篇文章是因为，在城市里被日渐拥挤的环境挤压着，厌烦着那些令人生厌的整齐划一、千篇一律的城市景观，怀念着故乡多少带点野性的自由空间，以及在那里可以尽情舒展的状态。因为文中不乏对故土浓浓的眷恋，对当下传统文化智慧的流失，以及现代文明中一些畸形发展的遗憾，甚至对当下一些短视行为、不当行为的愤慨。

一

先生不光在这篇文章中，在其他很多文章中都表现出了对生态环境与文明发展矛盾的忧虑，对故土将不复存在，以及乡愁无从寄放的焦虑，还有对无处不在的现代文明通病的针砭。文中拿新疆作家刘亮程的文章举例，说刘亮程是"愤慨的"。其实，先生何尝不是愤慨的，他只是努力克制着自己内心的激愤，他用连续的诘问，敲击人们的内心。文章中这样连续的诘问多达 10 次，一次比一次尖锐，一次比一次直击时弊，一次比一次难以抑制内心的不安，这何尝不是一种呐喊！目睹着现代人的生活空间日渐变成"尺寸一致，站位整齐，巷道相似"的复制品，回想着故土那些渐行渐远的"剩土剩水"，先生发出"剩余一点，哪怕是一些边角料"的呼喊。

因为，先生多么不愿意成为"夜晚归来，找不到自家大门"的人，多么不愿意栖居在故土上的诗情画意，被无情而又戴着开发伪善面具的无知行为践踏，多么不愿意迷失在现代文明畸形发展的洪流中！

先生在文章中质疑："凡是闲置不用的物质存在是否都无意义？"我想，绿水青山就是金山银山，这个道理恐怕没有人不懂。那么，先生所提出的剩土剩水在现在看来，何尝不是金山银水？先生为了说清楚这个道理，列举了大自然在寄托人类情感，体现生态理论和发展观念、栖居审美，乃至生态哲学五个方面的概念，苦口婆心地帮助大家重新认识自然的审美价值、荒野的存在价值、生物和文化多样性的价值，以及一些看似无价值的东西的价值所在。

其实，荒野存在的价值早在 17 世纪就被美国作家们所认知。这些年，国人又在重新认知和思考自然与人类的关系。文中的剩土剩水虽算不上真正的荒野，却承担着人们的自然审美、寄托情感、调解空间等功能。就如文中提到的"这是荒地给予的快乐"。美国作家爱德华·艾比说：荒野之于精神，不是奢侈品，而是必需品，像水和面包一样不可或缺。他认为，那种以摧毁仅存不多的自然为代价的文明，实际上背叛了文明本身的基本原则。

所以，先生用极其克制的文笔批评了一些地方的人们无知无畏的行为，字里行间对当下一些简单粗暴干预自然环境，野蛮、随意地剥夺一切非人类生物的生存权利行为的忍无可忍。先生批判：在一些人的眼里，什么东西有价值？什么东西无价值？对于一些头脑简单、做事粗暴的人来说，闲置的、剩余的就是无价值的，高楼大厦、车水马龙、机器轰鸣就是价值。与经济利益有关的就是有价值的，凡是不能变现的、与 GDP 无关的就是无价值。这是工业文明以来人类普遍存在的一种愚蠢通病，这种行为和思想就是人类中心主义，是唯发展论，追求的是利益最大化，以牺牲自然和生态为基础。而这种行为最终会以导致社会及文明死亡为代价。这是在生态文明时代应该思考和抛弃的无智慧行为，是当下决策者尤其应该警醒的问题。

我想，人类要摆正在自然当中的位置，要摆正在山水林田湖草冰沙这个系统中的位置，要与自然和谐相处。在这整体系统中，人类只是一个组成部分，可以是核心物种，指示物种，但绝不可以凌驾于这个系统之上。但是，多少年来，一些人考虑问题时，已经习惯于一切从人类的角度、人类的利益出发，将人凌驾于整个生态系统之上。嘴上喊着生态文明的口号，却从未真正从生态的整体利益出发，去考虑事情和谋求发展。

在西方的传统理念里，人是独立于自然存在的，甚至曾经有过人是中心、是主体的思想。而在中国的理念里，人就是自然的一部分，其关系是合一的、平衡的。在大地上的艺术中，天地人的关系共同构成了完整的艺术体系。

二

先生说："荒地是农村孩子的第二生活空间。"这何尝不是城里人乃至整个人类的第二生活空间？其实，自然本该是人类的第一生活空间，是本源。可是想想人类当初是怎样傲娇地、迫不及待地脱离开自然的？

人类的一切来自于自然。这是不可否认的事实，起初，人类对自然的认知很有限，紧紧依赖着自然，顺应于自然，敬畏着自然，对自然感恩戴德，顶礼膜拜。然而，到了工业文明时代，人类逐渐掌握了科技，开始部分地认识自然，甚至认为可以把控一些自然规律，从大自然中源源不断地索取资源，然后变成炙手可热的财富。于是，随着人类对科学技术知识的不断积累，人类越来越骄傲，越来越自大，离自然越来越远。自然在人类心目中的神圣感不断下降，以至于出现对自然疯狂的破坏行为。人类就这样渐渐走向了自然的对立面，导致的结果就是，地球失衡、生态问题百出，人类越来越焦躁，越来越不快乐。以至于，人类不得不停下来反思，不得不联手去拯救千疮百孔的地球。拿一句网络语言说：出来混，迟早是要还的。

我想拿文中的一句话来给大家一个警醒，这是时下城里人乃至农村人心中的痛点，为了不想让这样的悲哀在自己身上出现，请认真阅读下面的文字：

"许多孩子，个头长得快赶上父母了，嗅觉记忆库里还空

　　缺着野花野草的信息；细白的双脚还没有被山间溪流抚

　　摸过；舒展的四肢还没有被开满马莲花的草地拥抱过。"

这段话与美国作家贝斯顿的"如今的世界由于缺乏原始自然而显得苍白无力，手边没有燃烧的火，脚下没有可爱的土，没有刚从地下汲起的水，没有新鲜的空气"有异曲同工之妙，发人深思。

三

文中处处体现着对人与自然关系的审视和反思。"农村出身的人，没有谁的童年生活不与荒地相联系。""有意留下这些无法利用的荒地，用它们来缓解庄户的拥挤，改变村舍布局呆板。"其实，所谓的剩水剩土就是生态的多样性、文化的多样性，是人与自然关系的纽带，是中国传统文化中空间留白智慧的体现，更是中国人栖居审美中的智慧。

"只有口粗的山羊有时候光顾，但也是吃得心不在焉，闲闲的山羊和羊羔，闲闲的湿地就是一幅画。"这不就是剩水剩土构建的诗情画意吗？不就是一幅幅由外景在人的内心中生成的心景吗？可令我们痛心的是，这样一幅幅如画的栖居环境，如今却一步步变成了"尺寸一致，站位整齐，巷道相似"的复制品。时下的国人被物质填充得满满的，早已没有了潭影鸟鸣，湖光山色，早已没有了空山幽谷，高山流水。有的只是电子产品的无处不在，有的只是整齐划一的苍白，有的只是灯红酒绿的荒凉。

爱默生说过，自然具有精神的象征。人的心境是对应着自然的，当你忧愁时，山涧、谷底里微风潜流附和着你的心情，轻抚着你的心灵，让你的愁绪很快被缓解和释放；当你愉快时，辽阔的草原、蓝天白云，可以充分释放你的心怀。所以，人类的一切来源于自然，自然又包容着人类的一切。自然是人类最大的故乡，是人类最大的乡愁。可是，没有了"剩土剩水"做纽带，乡愁是"无根之木、无源之水"，自然成了人类回不去的故乡，成了人类集体的痛。

自然的美，是天地人本身参与完成的，是原生态、原真性的，而过分的人力为之的美学，在自然审美中被拒绝，是廉价的。自然之美也只有人的参与才可能有价值，自然与动物只有栖居生存的价值，我想动物不会有林泉之心、潭影鸟鸣之情趣。

其实，中国人历来很重视环境美、生活美，具有栖居审美、生活审美的传统，栖的是自然，居的是文化。因此，中国的园林事业发达可见一斑。在中国传统的栖居审美里，动植物、岩石、泉水、溪流等都是生活环境的基本要素，其实也就是文中的剩土剩水。

中国人的自然审美和生活审美，带有很大的教化功能。试想，人们经常沉浸在这美的环境里，往来于水边林下，漫步于山水林泉中，天长地久，耳濡目染，潜移默化，心境自然豁然，心胸自然豁达，内心必然充盈。这样的状态下，人逐渐会超凡脱俗，人格也会逐渐高尚、脱俗起来，审美意识和能力就会慢慢提高。这其实就是回归自然的审美诉求的现实转化，这就是中国人的诗意栖居、生活美学。

所以自古以来，国人好山水，都有着一颗林泉心，有追求烟霞侣的理想，甚至借假山水来装扮自己生活空间的传统。即使是生活在青藏高原上的人们，在环境相对艰苦的条件下，也不忘用花草树木、根雕奇石来装扮自己的栖居空间，也不忘在自己的庄廓院周围留一些"剩土剩水"，看似无心，其实有意。看似无用，却有大用，为的也就是想让自己的空间充满自然之美，享受那一份悠然自得的田园之乐。如此看来，即使身处偏僻之地的乡野村夫，都具有中国传统栖居审美的林泉之志。

秋日盛典

大自然在每一天，每一月，每一季都举行着隆重的盛典，来礼赞生命，来感恩土地和阳光。

——题记

十月，虽然一些琐事缠身，但也挡不住我要去探秋的急迫心情，我知道，那里正举行着一场秋日盛典——祁连山黑河河谷里的秋景最能代表秋天，那里的秋景也最撩人心魄。那秋景里既有雪山的旷远朦胧，又有清澈的黑河在河谷流淌，还有鸟类在林间呢喃，兽类在林线栖居，能不诱人？

一

处理完那些琐事，我立刻驱车赶往黑河河谷。

然而，我还是错过了黑河河谷秋的盛典的高潮部分。林子里的秋叶已经完成了最隆重、最神圣的高举和最绚丽的展示，开始陆续向地面飘落。它们飘得很慢，很慢，人在林间能听到叶子落地的声音，此起彼伏。静听，恍然觉得那是一种浅唱低吟的诗句。漫步林间，你就会捡拾起那一句句浸满日月的诗句。

偶尔，一两片叶子飘下来，带着对枝头、对天空、对阳光的眷恋，摇摇曳曳。我知道，这是它们最后的谢幕。经过了春的酝酿，夏的灿烂，秋的辉煌，它们的一生就这样结束了。它们把一生都给了春夏秋季，又在冬季将自己献给泥土。叶子很懂得对阳光和枝头的回报和感恩，每年都会在黑河河谷举行一场秋日的盛典，这是一次生命的盛典。我错过了这场盛典的高潮时刻，带着些许的遗憾，我独自一人徜徉在繁华落幕的林间，独自享受着秋叶最后的谢幕，以及那种离舍的凄美。这场盛典的结局部分很安静，我就在安静的林间走来走去，远离浮华，聆听林间的清唱，独享着属于大地的行为艺术。

世人都喜欢热闹，都愿意享受故事最精彩的部分，而故事结尾的落寞之美，却少有人懂。

从林里还有一些晚熟的树叶发出高亮的鲜黄色。尽管跟我一样迟到了盛典，但是它们在生命最后一刻依然毫不含糊，把最艳丽、灿烂的一面展现给天空。我突然觉得，秋叶是树绽放在秋天里的花，是太阳在树林中的绽放。因此，秋叶总是亮丽、灿烂的。秋叶聚在枝头的颜色，会让最优秀的画家感到无从下手。他哪里知道，那红那黄里有太阳，有大自然的灵气，有树木在这一年当中最精彩的生命表达，任何颜料都无法调制出生命在最后一刻的颜色。

因此，此刻的叶子是超凡脱俗的，高洁的。假如你以蓝天为背景观察它们，你会发现，秋日纯蓝的天空才是它们的舞台，才是它们最好的底色和画布。于是，红色黄色的叶子，在这个秋日翩翩起舞，将万物在这一年中的所有精彩和生命推向舞蹈的高潮部分。

随后，它们的颜色会慢慢暗淡下来，一点点飘落，优雅地、从容地飘向大地，静静等待冬日雪幕的来临，给它们的生命拉上最后的幕布，然后回归泥土，归于宁静，静静等待泥土的分解。它的下一个使命是，化成营养物质，去滋养树木的根系。

眼前的丛林看似即将要卸去这一季的繁华，但我依然能感到生命蓬勃的力量，接下来，它们将为下一季的繁华进行长达七八个月的储备。我突然幡悟，生命的坚实和生活的充实，就得像它们一样，永远扎根于土地。

二

我赶上的是，祁连山秋天偏晚的时节。这时，很多植物的颜色变了，变得十分艳丽和纯粹。这是这一季的辉煌，是对太阳的回报和感恩。在下一季开始前，所有的植物又会陨落大地，为感恩土地，它们将化作有机物回到泥土中。

就连林边的植物都是骄傲、自信的，它们都高举饱满的种子，就像妇人怀抱健康茁壮的孩子，面露骄傲和灿烂。这些植物在这一年当中，有的甚至在多年当中，经历了大自然的风霜雪雨，为的就是这一刻的辉煌。黄花蒿草丛中，有几株燕麦特立独行。这一季，对于它们来说特别不容易，逃脱了人类田地的束缚，自由地生长，并将种子成功地孕育出来。然而，再将健康成熟的种子撒向大地，不断扩大自己的群落，才算是它们成功逃离了人类的控制。可是它们属于 R 对策者[1]，它们真的能在竞争激励的田野里繁衍成功吗？

野地里的植物早已进化出了非常厉害的生存策略，而燕麦自从被驯化后一直受着人类的照顾。所以在争土争水争阳光方面它们肯定没有什么优势，所以这些燕麦能否再野化，再回到它们祖先的状态——野燕麦呢？我听老人们讲，相比于大麦之类的作物，燕麦野性十足。我估计，这可能是因为人类驯化燕麦比较晚，但愿这几株燕麦能成功回到野性自然的怀抱。

孕育种子和传播种子是一株植物一生中最伟大的工程，甚至不惜为此耗费所有的生命。披碱草、蒿草各自都挂了很多种子，这就是它们的生存策略之一，大量的种子里留足了动物和鸟类食用的部分，还有无法正常发芽的部分。它们坚信，剩下的数量相当可观的种子，会在下一季生根发芽，为种群的繁衍生息贡献力量。爱默生说：将不计其数的种子撒向天地间，这样，假如几千粒死去了，仍有几千粒可以种植，几百粒会发芽，几十粒会成熟。如此一来，至少有一粒可以代替母株。

身边的这些植物叶子已经枯萎，茎秆自信有力地挺立着，枝头高傲，它们把所有的营养都给了种子，因此种子是它们下一季甚至未来所有的希望。

①：R 对策与 K 对策。是两种基本生态对策，是指生物为适应环境而朝不同方向进化的生存和繁衍策略。R 对策者，个体小，寿命短，存活率低，扩散能力强，有较高的生殖率。相反，K 对策者，个体大，寿命长，存活率高，扩散能力弱，生殖率低，但有较高的竞争力。

我伸开手臂，用手心轻轻抚过这些植物的枝头，只听"哗哗"地响成一片，它们的种子纷纷摇落。我轻轻捋了一把种子，然后用力地撒向远处。每次秋天到野外，我最喜欢干的事情就是替植物播撒种子，我甚至想听到它们为此欢呼的声音。

秋天，
我和种子在一起

这个秋季，我在祁连山里游走，与各类种子不期而遇，于是，我发现了一个全新的世界……

—— 题记

初秋傍晚，太阳融金，冰沟大阪下西沟里的树、石、房子还有人，都被染了金色，很暖。

不知道一只什么昆虫的翅膀被风吹到了我脚下。按说这个季节，这条山沟里的昆虫已经销声匿迹了，这应该是死于夏季的一只什么昆虫的翅膀吧。"可是，这只翅膀怎么变成了木褐色呢？"我心里嘀咕着，继续忙自己的事情。我不再理会它。

可是，不一会儿一阵轻风吹来，脚下一下被吹来十几只这样的翅膀，忽而又被风吹走了。这引起了我的好奇，我停下了工作，紧追几步，摁住了一只飘飞的翅膀，小心翼翼地放在手心里。

没错，它就是翅膀啊！薄如蝉翼，褐色半透明。可是，它们从哪里来？是什么昆虫的翅膀呢？我举目四探，心中越来越疑惑。

然而，接下来的探究完全颠覆了我的认知，甚至我会不由自主地感叹：我的天哪！

一

万万没想到的是，这只翅膀居然是一枚种子！

当我探究这些"翅膀"的来源时，发现旁边一棵青海云杉的松塔里伸出了这样的翅膀，在金色的斜阳下明亮着，特别显眼。于是，我摘下一只松塔，轻轻一抖，我恍然大悟了：这是青海云杉的种子，是长翅膀的种子！

可是，我努力地在大脑里搜索自己的知识库，发现这样的知识在我脑海里居然是个空白。

种子无处不在，对我们的生活和生存至关重要，我们几乎一刻也离不开它们，我们是那样依赖于它们。可是，我却忽略了它们的存在，甚至对它们几乎一无所知。

这时，身边不时有青海云杉的种子随风飘飞。一阵微风，它们"呼啦啦"向前推进几米，又一阵微风，它们又往前几米，前行的队伍便越来越小，很多种子遇到低洼处，或者受到草根的羁绊就停了下来，等待时机发芽生根。它们这是在尽可能地离母株远一些，因为如果在母株根部发芽生根，它们就得跟母株争抢阳光和土壤营养。听说，云杉的母株会在自己根部的土壤里分泌一些毒素，防止后代在自己的根部繁育，因为这样非常不利于种群的发展和保护。细想还真是，松树一棵棵矗立，根部从不会有旁生、伴生小松树的现象。

找到合适的地方，在温度、湿度等条件适宜的情况下，它们就在森林的边缘很快又延伸出一片森林来。如果条件不适宜生长，这些种子居然还会选择休眠！在泥土里待上几年甚至几十年，静候时机。科学家发现，有的种子可以休眠一两百年。当然在这个过程中，它们中的很多会被动物尤其是鸟类吃掉，或被带到更远的地方去。

望着冰沟大阪阴坡的这一大片青海云杉天然林，我突然明白，这片森林原来就是这样一步步扩张的。它们中最早的少说也有百年历史了，开始的时候，也许是靠自己有限的飞行能力。也许是鸟类，也许是其他动物将一枚青海云杉的种子带到了这里。就是这枚种子，花了近百年时间，在这里扩张出一片森林，而且这片森林的面积当下还在扩张。

我瞬间对青海云杉充满了由衷地敬佩。接着我还发现，为了让种子飞得更远一些，青海云杉总是让自己的种子荚——松塔处在树冠的顶端。当然这样做不光有利于传播，同时也为了保护自己的种子不被其他动物食用和人类采摘。种子就这样在松塔的保护下，一到初秋，它的松塔颜色变成了好看的木褐色，种鳞慢慢张开，释放出里面的种子。一阵风吹来，被释放的种子们便欢快地奔向四处。薄如蝉翼的翅膀上，有十分微小脆弱的种子。让人不敢想象，这么微小的种子会孕育出高大的青海云杉来。当然让自己的种子变得越来越小，轻如尘埃也是植物的智慧，是为了保全种子的策略。谁也想不到，这些高大笔直、直插云霄的树，来源于一个轻如尘埃甚至微不足道的种子。剥开褐色的种子壳，里面是巧克力一样的果肉，看上去很有营养，但太过细小，勾不起食欲。

二

有了这一枚青海云杉种子的启发，我对种子世界产生了极大的兴趣。时间又恰是秋天，到处都能见到种子。于是，在这个秋天里，我时常在祁连山的野外探寻种子。而这样的探索始终充满了新奇，令我十分兴奋。

从青海云杉开始，我马上想到了在青海随处可见的油松，它们的种子又会是什么样子的呢？是不是也长了翅膀？可是冰沟数量不多的油松的松塔还绿着，使我探不到它们的究竟，它们的种子成熟期要到十月、十一月份。后来，我惊奇地发现，为了种子的传播，植物种子的成熟期，与这片高原地区鸟类的迁徙、人类的季节性活动是有关系的。《人类简史》的作者赫拉利说："一个物种演化成功的标准，是看它的 DNA 在世界范围内的拷贝数。"这难道就是物种极尽可能繁育后代的动力吗？

直到 10 月中旬，我在西宁的城市周边漫步时，见到了油松。眼前一排油松的松塔全部张开了，种子就挂在松塔上。我一阵兴奋，仅仅是摇摇树枝，种子就"哗哗"落下来五六粒。

看上去，油松没有青海云杉那么有"心计"，它的果实就那样随意长在树枝上，人轻易就可以摘得到。果然，油松的种子也长着翅膀，而且比青海云杉的大多了。我小心翼翼拿起一枚种子，种子上的翅膀很快脱落了。比起青海云杉几乎看不到的种子，它的种子简直可以用肥硕来比喻了。我将这枚种子放进嘴里轻轻一咬，它的壳很容易被咬破，随着轻轻的"咔"一声，我的味蕾迅速捕捉到了松子的油香味。我知道这是种子的营养，也是啮齿类动物和鸟类的美食。

随后，我在树下发现了被咬开的新鲜的松子壳。我很好奇，是什么动物在剥它们的壳呢？我放眼探究，可是树林里很静，倒是周边的汽车声汹涌而嘈杂。接下来的发现让我很是不解，甚至有点愤怒。

在不远处的一棵油松下，我发现了一个灭鼠器，这个灭鼠器是陶瓷烧制的，装在里面的伴有毒药的粮食散落到了外面。我不知道，没有动物的森林还能不能被称为森林？灭鼠的人有没有认识到啮齿类动物和鸟类对于这片树林的重要性。简单地认为老鼠、麻雀有害的时代早已过去，怎么还有一些人固执地花着纳税人的钱、花精力干着老掉牙的"灭四害"工作呢？

三

植物种子在我们的忽略中，其实和所有的物种一样有着自己的进化演变历史和令人惊讶的生存策略。它们的世界十分精彩，精彩得让我不时发出惊叹，这种进化的智慧和精彩一点儿也不比人类，不比动物世界逊色。

其实，人类几乎每一次关键的进化都离不开种子的身影。原始社会，人类主要靠采集植物的种子和狩猎为生，种子是人类生存的源泉。甚至有人说，假如没有种子，人类的进化将会停留在某个阶段，所以人类文明的进程是用种子铺出来的。

人类进化最为关键的一步就是农业革命，而这一阶段最为关键的因素是种子。随着人类驯化了一些植物，掌握了种子的种植和栽培技术，人类的生活有了质的飞跃。人类充满希望地将第一粒种子埋进泥土的时候，从此便结束了风餐露宿的狩猎和采集的时代，人类社会的结构和规模也发生了巨变。工业革命时代，人类对种子产生了更深的依赖，人们用先进的技术将一粒种子加工到完全不再是一粒种子的时候，人类的生活质量有了巨大的飞跃。各种各样的种子被加工成眼花缭乱的副食品、药品、保健品，装扮着我们的生活，人类把种子的营养用到了极致。

当下，尽管人类的科技水平早已到了忘乎所以的地步，却也无法离开小小的种子。就拿我生活的西部小城西宁普通居民的一日三餐来说，早餐中馍、饼、油条、牛肉面、稀饭之类的食物是主食，中午、晚餐大部分人会吃一顿面条，或者米饭。到了初秋，人们还要尝鲜，吃焜青稞、煮豆角等，一刻也离不开种子。

四

植物保护种子的能力和为了保护自己的种子，繁育下一代所付出的努力和智慧，与人类还有动物界保护幼崽而不顾一切，甚至牺牲自己的行为多么相似啊！

小的时候，听老人常说一句话，一块地里麦子、土豆种久了就不好了，要么味道不好，要么产量会下降。那么，我在想，这个所谓的不好了，其实就是植物在与人类对抗，让自己的种子变得不好吃，变少，变小，农民只好放弃种植，农业技术人员只好不断改良种子。

植物在与人类的博弈中，除了让种子外表长满刺、钩、芒以外，有的还让自己的种子有辛辣、酸涩等怪味，甚至有毒。但是，有了"神农尝百草"的探索精神，人类总能找到去其毒素食其营养的办法。

荨麻随处可见，包括外国。西宁周边也有，专挑土地潮湿肥沃的土墙根、废弃的庭院生长。因为浑身长满了细细的毒刺，因此百姓又叫它蜇人草、咬人草、蝎子草等。我小的时候没少被它蜇过，皮肤一旦触碰到它的枝叶，马上就会红肿，像被蜂蜇了一样疼痛难忍。它越是这样，说明它越是"此地无银三百两"——它的嫩芽是一种营养丰富的美食。聪明的农妇将它的嫩芽摘来，加工成青海的一种名小吃叫"背口袋"。其味道清雅可口且富有多种维生素。

所以，人类会发现，很多植物的种子只要方法得当就可以去除里面的毒素，甚至认为越是有毒的越有营养，或极具药用价值。因此，在猎奇心理的支配下，很多人对这类食物往往趋之若鹜，于是，中毒事件也时有发生。经常出现的豆角、黄花菜中毒事件就是典型的例子。

曼陀罗是一种神秘的植物，它因为佛教故事，而被蒙上了一层神秘的面纱。一直以来，我总觉得它是存在于神话中的植物，可是这个秋天我发现它就在我的身边。初秋，我见到它的时候，它骄傲地高举着自己盛满种子的果荚，果荚上长满了粗壮的刺，我看不到它的种子。

直到深秋时节，它的果荚上端裂缝了，露出了黑黝黝的种子。哇，是满满一荚子的诱人种子。可是，当我去触碰它的果荚的时候，果荚上的刺刺痛了我。对，是我太心急了，这么些种子，它能不保护吗？但是它费尽心机保护的种子，被我轻易在不触碰荚子的情况下全部倒出来了。种子在我的手上沉甸甸的，和油菜籽一个颜色，比油菜籽稍大，偏球状。我突然产生了疑问，这么多诱人的种子，不可能就轻易被采集到，它肯定还会有别的保护方式。

果然，我在其他资料里发现，曼陀罗全株有毒，其中种子是最毒的。据说吃3粒就可能出现迷幻的中毒症状，甚至呼吸停止而死亡。至于真是不是这样，我没有勇气尝试。我在《杂草的故事》里看到，古时候西方国家会种植曼陀罗，是药剂师眼中的万能药，可以治疗失眠和牙疼，也可以从中提取生物碱类阿托品和东莨菪碱，用来治疗哮喘和消化系统紊乱。据说，中国古代的蒙汗药就是曼陀罗的种子制成的。

当然，在人类与种子的博弈中，人也经常采用暴力。

尽管，为了保护种子，青海云杉将种子挑在了最高的树冠部分，但是在祁连山腹地，当青海云杉的种子一度达到一斤好几百元的时候，人们直接将青海云杉的树冠砍下来摘取松塔；城市的大爷大妈们为了尝个鲜，硬生生将榆树树枝连同榆钱一起折下来；我为了采集曼陀罗和益母草的种子，折下它们的种子荚……

但是，也有些植物反其道而行之。它们让自己的种子尽可能长得艳丽，果肉十分好吃，种子却十分坚硬。比如杏、李、桃以及葡萄、草莓、石榴等。它们期待动物在享用完它们的果肉后，将咬不动的果核放弃，把不能消化的种子排泄掉，替它们到处传播种子。但这也引发了人类食坚果，从葡萄种子、草莓、石榴种子提取营养的欲望，各类用坚果、种子开发的营养保健品层出不穷。

而种子壳的坚硬程度与动物强大的咬合力是同步进化的，这种有意思的进化好像是矛和盾的关系。鹬蚌相争渔翁得利，这个秋天我的桌子上多了一些用坚硬的种子外壳雕刻成的文创产品。这种情况对于植物进化策略来说，可能是个意外。

五

这个秋天，我沉浸在种子的世界里，它们小而多，祁连山里，种子占据了一整季的主导地位。我发现，在植物保护种子的策略中，产出大量的种子是常用的智慧。一般而言，几千的数量太平常不过了，有的能产出几万甚至几十万粒种子。种子们"呼啦啦"密密麻麻地来了，忽而又"哗啦啦"地跑了，跑向了远处。这让我突然想起了青海湖的湟鱼，那密密麻麻游动着的精灵[1]。

有些植物高擎着种子，不急于将种子撒向大地，慢慢地熬着，慢慢地等待，一点点、

[1]本人创作过生态纪实文学《湟鱼》。每年夏季，青海湖的湟鱼会进入河道繁殖产卵，密密麻麻，使河道形成"半河清水半河鱼"的奇观。

一点点地撒播，最大程度地不浪费种子。而有些植物却很心急，比如油菜籽、车前草，它们会快速将成熟的种子撒掉，防止富有营养的种子被采食掉。植物不光是将种子一撒了之，种子是具有休眠智慧的。利用这一智慧，分年度陆续发芽，防止某个年份天气不好，导致全军覆没。当然，它们也留够了给鸟类食用的种子。这就是农民当年清除杂草，但是第二年依然有很多杂草生长的原因。所以，在人类的清剿中，哪怕有一粒种子成功逃脱，它们也是赢家。假以时日，就这一粒种子，定是一大片花开灿烂。

可是，种子是如何休眠的呢？

原来，有些植物给种子裹上了薄厚不一的壳。有些植物的种子含有可以抑制胚胎发芽的物质。这种物质是水溶性的，一旦土壤中的水分达到一定程度，抑制物质就会被水溶解掉。还有一些植物种子只有在特定的温度下才可发芽。还有的植物种子似乎内置了生物钟，只有在特定的时间才发芽。

车刚刚翻上祁连山中一支不大的余脉萨拉山顶，前面豁然开朗，一座偌大的宽谷，让视线变得很舒适。宽谷里阳光明媚，谷底草甸上牧草丰美，牛羊安详，一片生机盎然的样子。这引诱着我驻车逗留，躺在山顶吹着风，坐看云卷云舒，十分惬意。

山谷里的河流由若干条溪水汇集，向北奔流，它们肯定是奔向黄河的著名支流大通河了。一阵微风吹来，山谷里出现一些飘飞的絮状物，随风起舞，像有人在统一指挥着一样，忽高忽低，轻盈飘逸。不一会儿，这些絮状物几乎布满了整个山谷，铺天盖地的，那架势就像是正在进行着一场军事侵略。

这让我十分惊奇，起身想一探究竟。

哦，原来这竟然是一场植物种子的大迁徙。

我从空中捉了一两只"伞兵"，顺藤摸瓜，在公路边找到了它们的母株——多年生菊科植物大蓟。在我的认知里，大蓟可以做药，孩提时，我们称它为九头妖魔。一棵大蓟长着十几朵花，每朵花上长满刺，哪怕你再顽劣，都很难采到它的花朵。眼前的大蓟位于公路两侧，花朵上全是白色绒毛一样的种子。我发现，在海拔3000多米的地方，大蓟改变了生存策略，它是紧贴着地面的，没有茎秆，花朵几乎长在土里。每一朵花上的种子有两三百粒，伞柄下的种子看上去十分微小，可是看眼前的架势，它们却有着巨大的传播力。

后来从草原工作者那里我了解到，大蓟在草原是不受欢迎的，牛羊忌于其浑身的刺，不敢触碰。没有天敌的大蓟便有点肆无忌惮了。原本祁连山的草原是没有大蓟的，它们先是乘着人类的交通工具传播到了草原的公路两侧，进而向草原深处扩散。

之前，种子的这种传播方式我认为只有蒲公英，后来随着探究，我发现，像大蓟、小蓟、多刺菜、甘青铁线莲等一样，用"降落伞"运输种子的植物自然界还有很多。

在道路的两侧我还看到了垂头披碱草，它们的种子已经成熟了，它们又是怎么传播种子的呢？我摘下一枝熟透了的垂头披碱草的穗，它们的种子自然散落在了我的手心当中。我拿起一粒放在手指间摩挲，长条状的种子带着一条长长细细的尾巴。无论你往哪个方向搓它，它只会向种子尖的方向挪动。这让我感觉十分好奇，连续换了几枚种子，结果都一样。原来，种子尖的两侧有细微的倒刺，身上也长满了肉眼很难看到的倒刺。在倒刺的作用下，搓它们，它们只会往种子尖方向挪动。就像我们小时候用纸折的玩具猴子爬杆一样。可这有什么用呢？我百思不得其解。

后来，我在祁连县遇到了在草原工作几十年的老草原人周元峰，他一语道破玄机。他说，披碱草的种子成熟落地时，种子尖朝下会扎在泥土里，种子尖的挂钩就是用来勾住泥土的。而长长的尾巴一是为了下落时保持种子平衡，就像箭羽一样。另一个功能是种子一旦扎在泥土上，尾巴就会在风的作用下轻微摆动，这一摆动，尽显它的智慧——种子只要一动，那些细微的倒刺就开始发挥作用了，它们会推着种子往泥土里钻。即使土地坚硬未能扎进去，只要有风，种子就会固执地顺着一个方向不断地钻下去，直到钻进泥土中。

小的时候有一种情形我至今记忆犹新。秋天，大人们在田地里劳作时，青稞的麦芒一旦钻进裤腿或衣领，就会随着人肢体的活动不断往里钻，直到钻到皮肤较嫩的部位，大人们不得不停下来，脱了衣物把麦芒清理掉。所以，人们对青稞的麦芒还是有所忌惮的。麦芒上的倒刺和垂头披碱草上的带刺是一样的；黄背草的种子也有这样的锥刺，会刺伤食草动物的口腔、皮肤及胃，所以动物都不爱吃黄背草这种野草。

出于这样的认知，我又在路边找到了芒颖大麦草的种子。它的种子与披碱草有些相似，2毫米的种子上长了50毫米左右的四五根尾巴，难道这也是用来飞翔的吗？

正当我疑惑时，一阵微风吹来，芒颖大麦草的种子从我手中逃脱了，这时，我看到的情形不由让我笑出声来。

天哪！那些细细长长的尾巴原来是用来"走路"的脚，在风的推动下，芒颖大麦草的种子翻滚着往前猛走几步，它摇摇摆摆、一弹一弹的走姿有点滑稽，确实出乎我的意料。

六

祁连山东部地区到处都能见到柠条，这种灌木生命力极强，在防沙固沙、防止水土流失、恢复生态方面发挥的作用大，所以是普遍受林业部门欢迎的一种植物。

天高云淡，我选择一处寂静的山谷里一片半人高的柠条丛坐下来，阅读尤瓦尔·赫拉利的《人类简史》。这样无人干扰的独处日子让我很快安静了下来。

然而，有一种声音却对我产生了干扰。起初，我听到几声轻微的"砰"，我并没有在乎。因为平时不管在哪里，一旦静下来，总会有一些细微的找不到根源的声音，在身边此起彼伏。可是，在潜意识里，这次这种声音对于我是陌生的。我不得不放下书去探究一番，但是我的探究是徒劳的，没有新的声音响起，我根本不知道从何探起。我看到林子里有很多鸟，有环颈雉快速地窜来窜去，有柳莺忙碌地在树枝间跳上跳下，也许，声音就是它们弄出来的。我重新坐了下来，继续被赫拉利的智慧所吸引。

突然，一声"砰"竟然在我耳朵边炸响，把沉浸在书中的我结结实实吓了一跳。随着这一声响，几粒种子落到了书上。"我的天，原来是这样！"

看到眼前的情形，我惊讶地站了起来，原来这"砰砰"是柠条种子荚炸开的声音。种子荚炸裂，里面的种子被弹射出去。种子世界里居然还有这样的事情！

眼前的事情还没有结束，种子荚里还有一两粒发育不太好的种子。这时候，情形又发生了变化。只见炸裂成两半的种子荚开始螺旋变形，硬是把剩下的种子也挤出了种子荚。

这时候，我才看到，离这株柠条一米多远的地方，先前被弹射出去的种子已经发芽了。它们发育得较早，赶上了多雨的季节，有的居然已经长出了两三厘米高的嫩芽。可是，高原的秋季十分干燥，这个时候被弹出来的种子只有选择休眠了，它们暴露在强烈的阳光下，只要保证不被鸟类吃掉，它们就会在太阳的暴晒下慢慢脱水。一旦脱水，种子内部就会停止新陈代谢，进入休眠，待来年或者若干年后，遇水唤醒它们。

披碱草、青海云杉、油松，不慌不忙地利用一个冬天慢慢将种子撒向大地。甘青铁线莲、大蓟、小蓟盛开了自己的绒线种子，静待着一阵又一阵的风吹起。油菜却是急性子，因为它的种子富含芥酸、油酸、亚油酸、亚麻酸等营养，所以它保护种子的办法就是尽快将种子撒落到地上，快速地发芽成长。所以，秋天，在过了油菜收割的季节里，我们总能在道路两侧、田埂边见到再一次成熟了的、无主的油菜。它们是从8月份的收割季节里逃脱的种子，要赶在土地上冻前，再一次把种子撒进泥土里保护起来。

我采摘了一枚已经成熟了的油菜种子荚拿到手里，可里面的种子居然从指缝间极快地跳脱了，瞬间散落到地上没有了踪迹。那圆圆的、小小的油菜籽滚动起来居然那样神速，它们四散着钻进了土地的缝隙里，再想找到已经很难了。

七

为了更好地传播，种子演化出不同的结构，它们身上有刺、钩、针、翅、毛，还有的有胶。所以，有趣的是，每一次从田野出来，我一路上要不停地清理身上的种子。披碱草一类的种子会往衣服里钻，扎得你很难受。大蓟之类的种子像线头一样粘在衣服上，显得你很久没洗衣服一样。还有一些颗粒状的种子钻到鞋子里，硌得你走路极不方便，你不得不停下来，坐在地上将它们倒掉。

这个时候，种子巧妙地借由我完成了它们的任务，裤子和鞋子也是传播者。

最让人感到恐惧的是鹤虱的种子，居然还有这样的植物种子！
鹤虱就生长在路边，它看似卑微，与世无争，但是它的种子却很强悍。有一次，我路过一片草丛，感觉裤子被什么拽扯了一下。感到异样后，我停了下来。结果发现裤子上爬满了像虱子一样的虫子，这令我浑身发痒，十分不适。细看却不是虫子，是种子。但不好清理，只能一个一个地摘。它们抓得很牢，根本不容易清理。从裤子上摘下来，又挂在肉上。我拿几粒用微距镜头观察，它们简直太像虱子了！三角形的身体一圈长有近20条"腿"，每一条"腿"的末端长有船锚一样的倒刺。这些倒刺的用途是，一旦有动物经过它们，就牢牢挂在皮毛上。

尽管清理了大半天，可是回到家，妻还是从我帽子、裤子、鞋子、袜子里清理出许多的种子来。最难清理的是自然是鹤虱的种子，妻把它们一粒粒从衣服上摘下来，但是它们的钩子却扎进了她手里，甩也甩不掉。

八

植物种子的数量是惊人的，然而，我并没有看到哪种植物的种子独霸天下，原来这是大自然神秘的制衡作用。

九

这个秋天里，我的非植物学专业的探究还算顺利，对种子世界的探究让我收获不小。

其实，对于种子原本我是熟悉的，因为它们一直就在我身边，多少年来我却对它们熟视无睹。所以，观察种子时，我可以秒懂它们的进化知识和生存策略，因而，这篇关于种子的稿件，我写得比任何一种物种都顺畅，好多语句好像在心里已经很久了。

一株植物从春天的孕育，夏天的成长，到了秋天，这一年的期盼全在它的枝头上了——那种子里饱含着母株的全部心血，但当母株渐渐枯黄的时候，她的种子日渐饱满，她把所有的能量给了种子，而自己终究抵不过冬季风雪的摧残，行将消失在大地上。而种子盛满了营养，也盛满了希望，期盼在未来有一个新的开始。

种子，就这样宣告着，与我们人类须臾不离的关系。

死亡盛典

死亡是生命的最终归结点，这个星球上没有什么生物可以永恒，都要向死而生。最终都会面临死亡这个终极话题。

——题记

死亡是人们不怎么乐意提及的话题。

相对死亡，生命无处不在，充满了地球的每一个角落，大自然到处都孕育着生命旺盛的力量和激情；相对生命，死亡这个话题是一个灰色的话题，甚至人们有意无意地回避着这个话题，最终又不得不去面对。

那么如何死亡？如何思考生的价值，死的意义？是自人类以来就一直在思考的一个终极命题。有序的轮回与生生不息是这个星球不变的规则，活着和死亡是这个地球两个方向端的存在，是任何生物都绕不开的现实。死亡对于我们包括非人类和活着一样重要，因为所有有机生物都是向死而生的。

这些年奔波于荒野中，目睹了很多动物死亡的场景，知道了很多动物死亡的故事，却从来没有萌发过写一篇文章的念头。我总是对死亡"司空见惯"，或也和其他人一样，有意或无意地在回避死亡。我知道，直面死亡需要勇气。

一

有一段时间，我和著名生态摄影师鲍永清、李善元等人在一起，聊的就是关于野生动物死亡的话题，他们一致认为：动物会告诉我们应该怎么死去，而且在这一点上，人类绝对无法与动物相比。人类总是想尽一切办法想体面、尊严地死去，想让自己的死亡仪式变得隆重而辉煌。但是再怎么折腾，也根本无法达到动物那种高贵的、尊严的死亡方式。

他们的话启发了我，我终于下决心直面死亡，写一篇关于死亡的文章，因为死亡是一个就在我们身边的现实的、终极的哲学命题。

奔波多年，他们认为，在真正的荒野里，极少见到野生动物的尸体。他们认为，野生动物能预知自己的死期，这个时候它们会悄然离群，选择一个寂静的地方慢慢死去，了无牵挂，不留痕迹。大自然有一个完整的环保体系，一具动物的尸体出现后，自然会有其他动物负责解体清理，细菌也参与分解。当然，群居动物中出现自然死亡的个体时，它会选择离群独自死去。恐怕这是动物进化过程中形成的一个规矩，这样做，避免死亡后尸体腐烂出现疾病，传染其他族群。至于会不会存在其他更神秘的原因，我不得而知。

以几位摄影师的经验，野牦牛一般会选择到有河流的地方死去，因为那里会出现很多掠食者，会尽快将它的尸体分解掉。而鹰会选择往高空飞，越飞越高，直到身体炸裂或解体。关于雪豹的死亡，至今他们没能看到真实的场景。据他们分析，雪豹会爬到神秘的高山地带，悄然死去，尸体会被慢慢分解掉。

二

这些年，目睹了大量动物死亡的场景，却一直不愿意提及，因为有些死亡场景和当时的那种感觉深深刺痛过我，总是不愿意说出口，直到决定写这篇文章时，我才觉得，写出来，换一种方式尊重生命。

那一年，我的目标是去长江北源的措池村。到达长江北源第一乡曲麻河乡政府时，听说乡政府的几只藏獒捕获了一匹狼。刚进屋的我立即折身去看情况。在乡政府院子的一片瓦砾中我见到了那匹狼，它的后半身已经被咬瘫了，脖子和头部还能动。在见到我的那一刻，它抬头看了看我。那一刻，这匹狼的眼神深深烙在了我的心底。我知道，不管什么时候，狼的眼神都保持着一股阴森森的杀气，人眼对狼眼的瞬间，人必定会感到害怕、退缩。狼眼是深邃和魔性的，深邃得可以将人的灵魂吸附进去，魔性得让人从中可以解读出很多东西。然而，这匹狼在面对即将到来的死亡时，很安静，很淡然。眼里的杀气没有了，倒有几分对生的渴望，几分面对死亡的淡然和无奈，也有几分企图与人类交流的期待。我就在它跟前定定地望着它，它也一眼不眨地看着我，温柔而淡然。我突然想，如果此刻在我面前的是一个垂死的人类，会不会哀号悲切，苦苦哀求，垂死挣扎？

那一刻，我突然有想挽救这个生命的冲动，但是面对现实，我只能眼睁睁看着生命一点点从它身上消失，生气一丝丝从它身体里抽走，无能又无助。

没有什么比眼看着一个生命在眼前消失更能触动人心。

这时，有人开始谈论狼牙和狼肉的话题，我感觉心头猛地一震，但是，我只能选择避开那里。作为人类一份子里的自然保护主义者，我只有选择逃避，我没有勇气做一个绝对的自然保护主义者，而选择与自己的同类为敌。

后来，我反反复复在脑子里假设了这匹狼正常的若干种死法。对于它来说，或许可以慢慢地死于饥饿或者疾病。可以与敌人进行一场殊死搏斗，在失败中光荣地像个勇士一样死去。再或者它可以慢慢老去，沿用祖辈的仪轨，悄然老死在一处神秘的地方，大自然会给它举行一场死亡盛典，它的生命最后完美终结。然而，对于它来说，最悲愤的死，恐怕是死于人类的卑劣中。在它生命的最后一刻，一群人围在它身边，谈论着狼肉怎么做好吃，狼牙怎么加工项链更好看。

早些年，我在三江源地区的星宿海畔漫步时，突然看到不远处的岩石上，一只草原雕猛然向高空飞去，它几乎用直线的方式直插天空。猛地，它的身体在空中抖了一下，接着翅膀停止了扇动，身体开始直线下落。它重重摔在地上的声音和我的"啊"声几乎同时响起，我愣在原地半天不知所措。这种自杀式的死亡方式惊呆了我。同行中有人告诉我，这是因为这只草原雕吃多了被毒死的老鼠，毒素慢慢在体内沉积，并不断折磨它，不堪痛苦的草原雕只好选择了这种死亡方式。同伴的话有几分可信，因为那些年，草原灭鼠工作就是通过投放含有一些毒素的饵料来实现的。尽管说这种饵料对其他物种不会产生伤害，但是越来越多个案的出现，很能说明问题。如果是这个原因的话，我就隐隐为自己是人类的一份子而感到不安。

草原雕采取这样壮烈的死亡方式是在与人类抗争吗？可是能有几个人类为此感到忏悔和愧疚呢？我们总是对同类的死亡，尤其是熟悉的人的死亡很敏感，但是越来越对非人类物种的死亡漠不关心，甚至随意剥夺它们的生命权。

三

有一次，我在天峻县天峻沟里观察雪豹，山谷不远处有一头身体硕大的牦牛，站在原地一动不动，像是在低头沉思。但这并没有引起我的注意，一直拿望远镜寻找雪豹。我从这头牦牛耳朵上的彩色线绳看出，它是一头放生牛，估计已经很老了。四五个小时候后，我回头发现它还在那里，只是一条腿慢慢跪在地上，这个姿势保持了很久后，另外一条前腿也跪在了地上。最后，整个身体费力地慢慢窝在地上。我没有用心去观察这头牦牛的行为，也没看明白它是在干吗。

许多天以后，偶然的机会我给人讲述了我看到的一幕，有人毫不犹豫地告诉我，这是一只老了的牦牛，当时它正在死去。听完后我大呼遗憾，同时脑子里蹦出一个词来：死亡盛典！

目睹一个动物自然死亡的过程是一次千载难逢的机会，可是被我错过了！很多天以后，再去这里，果然发现这里有一具牦牛白骨架，已经有草原清道夫清理了它的腐肉。也许时日不多，连这具白骨架也会被清理干净。

尽管错过了一次完整观察牦牛自然死亡的全过程，但是这个事情还是对我触动很大，我很快用这个题材创作了一篇微型小说《被流放的王》。

四

关于动物有没有死亡概念，或者对死亡有没有认知的话题，世界的科学家展开了激烈的争论。而在藏地，没有人会去争论这个话题，他们会跟你讲很多关于动物死亡的故事。那些故事会让你感到震撼，会深深触动你的灵魂，甚至认为动物对死亡的认知和对待死亡的策略，比人类更具智慧。

动物因为大自然的残酷，死亡率较高，久而久之，大自然保持着一个良性的生死循环，归功于动物具备较高的死亡规则和智慧。比如，动物能预知自己的死亡，并在死亡来临时离群。蚂蚁会埋葬死去的同伴。同伴死去后，动物会表现出纯粹的、没有任何功利的哀伤……这一点上，从古到今，人类一直在向动物学习。而且动物会告诉人类，死亡无意义的观点是无意义的，死亡不应让生命变得虚无和抽象。相反，正因为不可避免的死亡，生命才变得更充沛、更丰富。

与大地共生

一切生存问题要到大自然去寻找答案，答案也许就在一坨牛粪上，一根拴马桩上，一句谚语中，或许看上去光怪陆离的岩画里。

——题记

讨论与土地的关系，自然离不开居住在这片土地社区中的居民。

一

奇怪，当人们热议这个话题时，我下意识地闻了闻自己的身上，看了看自己的肤色，然后自信地说："所谓居住在这片土地社区的居民，就是在这片土地上生活了千百年时间的族群。这个时间足够久远，以至于他们的服饰、肤色与土地一个颜色，语言、饮食与土地一个味道，他们生活在一个与土地充分融合的空间里。"那一刻，我把自己重又划回了他们的行列。的确，我曾经来自他们，我敬重着他们。

我很清楚，在他们的文化信仰体系中，土地至上。但是，他们生于斯长于斯，却从来没有以主人自居。在他们的眼里，有很多东西都在人类之上，需要去顺应和臣服。这一点上，美国作家利奥波德认为，人类只是由土壤、河流、植物、动物组成的整个土地社区中的组成部分，这个社区中，所有成员都有其相应的位置，都是相互依赖的。在生物进化的长途漂泊之旅，人类只是与其他动物结伴而行的旅者，而不是主人；所以，土地社区居民把自己和族群完全放置在这片土地的生态系统中，并作为整个系统中的一部分而存在，不是凌驾其上。他们对待这片土地和生态系统的态度是顺应的、尊重的、谨慎地与土地上的万物和谐相处。他们从来没有狂妄地要改变这片土地的想法。

因此，他们所在的地方生态系统是稳定的，文化和土地是健康的。所以，当下，土地社区居民与土地的这种良性关系总是令人深思，很多现实问题都能在这里找到答案。

我曾经生活在农村，是土地社区居民当中的一员。这些年，我又去过了很多地方，走进了不同民族、不同地域的土地社区居民当中。我深知，这些经历了数百上千年且在这片土地生长起来的族群，他们是无法与这片土地割离的，因为他们的血脉、他们的根和魂在这片土地上。所以，任何企图迁走这些居民的做法一定要慎重，这种企图隔断他们根和魂的行为是危险的。他们把土地视为生命，因此有着用捍卫生命的勇气去捍卫土地的气概。

在很多的歌曲和诗歌中，父亲和土地是一个饱含情感的组合。在一些苦难的岁月里，有土地就有希望，有父亲就有力量。在他们的情感里，似乎父亲就是那片土地，那片土地就是父亲。所以，他们对土地的情感是深沉的、严肃的。

除了对土地有着十分深厚的情感外，他们还有延续了千百年，以这片土地为家园沉淀下来的文化。这片土地上的每一片草原、每一块岩石、每一条河流和山谷、每一棵古老的树木都有神奇的故事，都有历史的记忆。他们的文化是具有土地属性的文化，其核心是与整个生态系统如何和谐相处。这些文化熠熠生辉，让他们魅力十足，也很神秘，使他们亲切可爱。

一个自然作家在草原上看到，藏族老阿妈用湿牛粪做了一个环，然后放在冬日的冰地上，第二天她把牛拴在上面，居然非常结实。这一场景深深触动了自然作家，他似乎在那一刻明白了许多。

在如今社会形态更替、面临新的问题的时候，我们应该静心关照一下这些延续了千百年的传统文化，其实，很多困扰我们很久的现实问题，答案就在很多优秀传统文化当中。土地社区居民与土地、与生态嵌入式的生活模式与这片土地十分贴合，是千百年来与这片土地磨合出来的一种共融共生的和谐关系。这里就包含了很多与土地和谐共生的智慧，有很多智慧需要现实的研究和应用。就像斯奈德所说的：从东方古老的文化和美国印第安文化中寻求与土地的亲情，解决发展与保护环境之间的矛盾。

当然，发展是人类的出路，但在我们的发展过程中出现了很多问题。最大最具共同性的问题，是人类一开始就将发展建立在以破坏环境、剥夺其他非人类物种的居住权甚至生命权的基础上，以至于出现了全球性的生态危机，而如今人类正在苦苦寻找着一种解决发展与环保矛盾的道路。其实溯源根本，我们的优秀传统文化中处处闪烁着解决这些问题的智慧光辉和答案。老阿妈的一坨牛粪足以说明一切。

当然，传统智慧如何解决现代发展的问题，也是一个现实课题，并不是简单的拿来主义。

二

近期，就黄河源头生态文化我们展开了激烈的讨论，因为之前没有专题对黄河源头生态文化进行过关注，所以，关于什么是黄河源头生态文化，大家各抒己见。我个人认为，黄河源头生态文化简单来说，就是生活在黄河源头这片土地上的居民，千百年来以这片土地为家园，在繁衍生息的过程中，积淀下来的精神信仰、生产生活习惯、民俗民风等。其核心是顺应自然、尊重自然、尊重万物。在这里，我们可以看到人们是如何祖祖辈辈口口相传着一些理念和信仰，并将这些理念和信仰时时刻刻体现在具体的言行举止中、生产生活中。比如，对山水的尊重和崇拜，对草原的珍惜，对野生动物的呵护。

在黄河源头讨论这个问题十分有意义。因为这片土地自然环境的严酷性和生态的脆弱性，决定了生活在这片土地上的人们自然禁忌、自然崇拜的独特文化适应模式。他们在长期与自然的相处、与环境的适应过程中，懂得了尊重自然，善待万物，克制欲望，保护环境，久而久之，形成了极富生态性的生产生活习惯，以及神山圣湖圣水信仰体系。雪山、神泉、圣湖成为由特定的"神灵们护卫着的神圣不可侵犯的、事实上的自然保护区"。而这些传统生态伦理成为构建黄河源头生态文化的重要因素，反映出源头地区民族对脆弱生态环境的谨慎适应。

扎陵湖畔的老阿妈每天点燃桑烟，敬天敬地，祭拜周围的山水。高原的藏族人认为，驻地周围的山川都是神灵的居住圣地。因此，对自己所处的自然环境极为珍重，他们时常怀着十分敬仰的心情去崇拜或保护大自然，试图在人与自然界之间建立一种亲密无间的关系，而这种关系的确立又促使藏族民众对大自然倍加珍视。所以他们——这片土地的居民，对于"人与自然和谐共生"有着特别的理解，在这一点上，一点不亚于发达地区接受过高等教育的人士的理解。他们有一整套传播了几千年的信仰体系，且渗透到了骨子里。在长期与自然的相处中，在生活方式、行为习惯、民族风俗等方面，体现出人与自然良性互动的一种关系，并经过长期的沉淀，形成了代代相传的习惯法，对保护青藏高原生态起到了积极作用。

人们一出生就要在父辈的带领下，去认识自然，尊重自然。所以，对于生活在青藏高原的人们来说，学会与自然和谐相处是人生的第一课，也是必修课。比如，青海湖地区流传的生态谚语"五月骑马不过河"（湟鱼洄游产卵）、三江源地区流传的"面对神山神湖不撒尿"、"要想河水清，必须源头清"，以及不随意捕杀动物、不砍伐树木等自然禁忌都以口耳相传的形式在传播。小孩子如果违法了自然禁忌就要被大人训诫。人们普遍认为，对自然不尊重就会受到神灵的惩罚，就会得到不好的报应。

所以，在这样的文化背景下，青藏高原上矗立着很多"自然圣境"。常见的自然圣境就是神山、圣湖。而神山圣湖崇拜是普遍存在于藏族地区的一种传统信仰文化现象，它根植于民间，深刻而广泛地影响着农牧民的世俗和精神生活。因此，几乎每一个部落、村寨都有自己的拉则（即神山）。而且经过多民族文化的不断交融，青海地区出现了很独特的现象，就是很多地方汉族、藏族、土族、蒙古族共同祭拜一个神山、神树、神湖，甚至其中的信仰体系都有相似的地方，其核心就是生态和谐。

其实，这种被当地民众普遍公认的具有精神信仰文化意义的神圣区域，在很长的历史时期里，是最早的一种自然保护地形式，神灵是保护这片区域的"管护员"，古老传统的生态文化和自然禁忌是约束人们行为的"保护条例"。经研究发现，自然圣境内人类生产生活等活动影响明显低于外面，而生物多样性、文化多样性、生态保护程度则明显高于外面。

三

在藏地，众生平等不是一句空洞的口号，牧民那种众生平等的意识从小就被潜移默化地灌输，一直流淌在血液里，一代又一代。这是一种大爱，对自然万物共生关系的朴素理解，没有谁比谁高贵。然而，被物质支配的一些人，口口声声说动物是人类的朋友，但总是在动物面前高高在上，摆出一副人类的优越感，全无牧人的人与动物平等相处的状态。对有情众生心灵的关怀和慈悲导引，才使草原上的一切获得了长久的生态和平。

在传统文化体系的支撑下，青藏高原的良性生态保持了数千年，人与自然和谐共处了几千年。这个生态文化的和谐就是人与自然和谐共处的理念。人们苦苦寻觅了多少年，蓦然回头，却发现生活在我们的三江源国家公园、祁连山国家公园以及青海湖周边的各民族一直延续和秉持着这样的理念。只是在工业文明、工商文明思想的支配下，我们忽略了、怠慢了我们的优秀传统文化。那么，接下来我们不应该再一味地说，来自国外的国家公园体制如何先进，也不能简单地从人类中心主义到生态中心主义，而是在国家公园的语境下，在生态文明建设的大背景下，尽快研究整理我们的生态文化，汲取精华，去其糟粕，去传承，去提倡，去宣传，去融合，融合现代生态理念和现代保护机制。

当然，我们会不时遇到一个新命题，就是优秀的传统文化和生态哲学，如何在现代性的语境下重新立足？

四

生活在城镇里的人们，亦或者是现在越来越多的人淡漠了土地情感，疏离了与自然的关系，他们只是天地间的一个匆匆过客。与土地没有密切联系的你，今天也许在这个城市，明天就会到另一个城市，土地情感就越来越淡，甚至没有土地情感。于是，人们的焦虑感就会日盛。离开土地，人们的魂魄无处安放，精神没有了源头。你尽管锦衣玉食甚至钟鸣鼎食，却缺少了身体获得能量的源头——土地。

美国自然文学作家利奥波德说：土地是人类精神的支撑点；很多地区的土地社区居民们追求精神生活，因为有土地为支撑，他们的精神世界是自信和饱满的，因此轻物轻身，近乎处于"一箪食一瓢饮"式的极简物质生活中。他们为来世活着，对今世的物质生活不像我们那样贪得无厌，他们将他们认为这个世界最好的东西用于祭天祀地。

所以，人们只有认清了脚下的这片土地，才能认知和认清自己。因为没有脚下的土地支撑，人就是无根、无源、无本的游子。没有了土地的支撑，也就难寻精神的支撑。而人们认知这片土地的方式，决定着这片土地的文化形式，因为只有人和土地的深度融合才能产生文化。可是，现代人怎样在漂泊纷杂的社会里找到自己可以扎根的土地呢？

有一年，路过玉树珍秦乡时，我看到公路边有一家牧户在出售酸奶，于是，便停车进去。女主人热情地招待我们，但不会说普通话，只会说，一碗酸奶4元。在我们吃酸奶的间隙，女主人哼着歌忙碌着家务，其情形突然触动了我们几个城里人，感觉她的快乐是那么纯粹，她的幸福是那么简单。也许我们是她几天来的第一拨客人，卖了多少钱对于她并不重要，重要的是有客人来过。吃完再要，她就更开心。完了多给她钱，她坚决不要，只认一碗4元。

同样的经历还有一次，我骑自行车经过大通县一个不知名的山村时，向一位老太太讨杯水喝，结果她招呼家人呼呼啦啦把家里所有现成的吃食全搬来了，还要赶紧安排儿媳妇去做饭。

他们居然那么简单、淳朴，令人羡慕！

是的，生活在大自然里的居民，有着简单的生活方式，简单朴实的思想，与自然充分融为一体的状态。他们内心充盈，精神饱满，自信满足。在藏地，也许他们讲不了什么大道理，但是他们对人是掏心掏肺的坦诚。他们没有太多的文化知识，但是能记住几百只牛羊，对所有牛羊了如指掌。他们中大多数人满足于一种简朴的生活，而把追求财富、精细化生活，看成是自找麻烦，或者缺乏男人气概。这是因为他们从大自然和土地里汲取了充分的精神营养，神山圣水是他们精神世界的源泉。

这是因为，土地里有我们缺乏已久的精神营养，有孩童般、牧歌式的愉悦，有身心无拘无束的自由和舒张，有外在简朴、内心充盈的生活方式。

五

对于这些现象，我始终认为，是原生土地给了这片土地上的居民精神上的饱满和文化上的自信，当自信的他们站在你面前的时候，浑身上下散发着一种正能量和魅力。但是，现如今在现代化的大潮下，他们的文化正在遭受着外来文化的冲击，他们中的年轻一代对自己文化的认同感正遭遇前所未有的挑战。

如今，传统文化的流失已经成为全球人类共同面临的问题，这是因为科技助长了人类的狂妄，自然不再被人们敬畏，土地不再是感恩的对象，传统文化依存的根本受到了冲击。科技的高度发展和生活的日渐奢华，使很多人对土地社区居民以及对他们的文化持否定的态度，认为是落后的、愚昧的甚至是不文明的、不与时俱进的。但是对于环境特殊、生态脆弱的青藏高原，生态秩序的和谐稳定，是建立在文化秩序的稳定和健康上的。如果优秀传统文化日益流失或崩塌，或者新的现代的国家公园管理机制下的新文化体系没有建立，对于青藏高原的生态系统是致命的。

我在青海湖北岸的草原目睹过这样一幕：

索南老人看着门前草场越来越深的两条车辙印在发呆。镇子在十几公里外，儿子几乎每天都要开车去那里，慢慢地草场上出现了深深的两条车辙印，每次车经过就会扬起一阵尘土。"都快成一条路了！"索南愤愤地说。遇着过去，草原人爱草原如命，外人多踩踏几脚都不答应。但儿子对阿爸的不开心并不在乎，依然每日一脚油门就跑了。对于阿爸让他骑马去的建议，他嗤之以鼻。

这已经成为草原上的普遍现象，年轻人并不热衷放牧，经营自己的牛羊，而是聚在镇子上，喝啤酒，打台球。索南老人感觉，如今世界全开了，就在家门口，就在眼前了。世界开了，变化太快了，可总有一种变化让老人快乐不起来，索南老人怎么都理解不了这个世界，但他不知道是哪里出了问题。

对此，长期研究青海生态文明课题的青海省委党校马洪波教授认为：出现传统文化的流失，其根本原因是在工业文明的物质潮流下，谁也无法阻挡的市场化、全球化趋势，这种力量和诱惑对于相对偏远和落后的牧区来说太强大了，即使最偏远的牧区也都禁不起诱惑，最终"沦陷"。

这些表象后面深层的问题是，目前人类共同面临着全球气候变化不可阻挡，传统发展方式不可持续等问题。工业文明对人类的负面影响太大，是导致全球生态危机的根源。当然，传统理念中敬畏自然、尊重自然，以及与自然谨慎相处的理念值得借鉴。但传统文化也不是救世的根本，毕竟发展才是人类的未来。传统的生产生活方式以及传统理念，产生于生产方式并不先进的过去，无法完全改变现实的问题。

那么，应该怎么解决这些问题呢？

马洪波教授说：沿着马克思生态学指明的方向，以习近平生态文明思想为指导，提倡人与自然和谐共生的理念，处理好人与人、人与物、人与自然、人与自我这四大关系，超越工业文明，全面进入生态文明的社会形态，就是人类未来社会发展的必然趋势。

生态文明社会形态是人类文明的新形态。那么，它新在哪里呢？这条路新就新在既要"文明"，也要"生态"，特别强调"文明"要在"生态"的约束之下持续发展。既要摒弃工业文明人类中心主义的价值观，也不是向生态中心主义者提倡的"自然至上"的理念回归，而是要以马克思主义自然观、发展观为指导，在摆正人在自然界中的位置的基础上，实现人与自然和谐相处，推动绿色低碳可持续发展。

马教授还说：生态文明建设不仅是为了更好地保护我们赖以生存的生态环境，更是为了通过重塑业已失衡的人与自然的关系来推动中国社会价值观念变革。

一片土地的土地伦理秩序和生态秩序的重塑，建立在文化秩序的重塑上。我们期待，在新的生态文明大潮下，在新的现代语境下，新的生态观、价值观、世界观尽快形成，形成具有青海特色的、融合了优秀传统文化与先进现代文化的生态文化体系。

后　记

自从参加 2017 年在青海省作协举办的中青年作家培训班后，我突然觉得，于文学，我其实还没开窍，之前的文字只是一些毫无价值的堆砌。

我一时困顿，便停止了写作。

在停下写作的一段时间里，我一直在思考一个问题，什么是文章？什么是作家？

之后的日子里，我发现自己于文学又是那样敏感，内心尚有作为作家的敏感、基本正直和良知。这些总时不时触动着我，不由催我去动笔，我一次次摁住了想要动笔的冲动。我知道，我还没到时候。

是大自然拯救了我。

这些年，一次次在山野间穿梭，在荒野里漫步，与野生动物不断邂逅，与一些山野归来的人在一起，我看到了另一个世界。这个世界更纯粹、更纯真、更通透，总有一些东西是之前没有经历过的，总有一些东西触动我、激励我，让我充满力量。这些东西在心里积淀久了，我就想尝试将这些写出来，但是一开始发现，这样的写作很有难度。难度就在于，一方面你要敢于人先，去探究事情的真相，认识事物的本质，敢于表达自己的思想。既要达到科学的精准，把这一切探究、感悟用文学的方式表达出来，还需艺术的高度，得到读者的认可。另一方面，你必须找到一些适合于自己的语言和表达方式。

在坚持的路上，我突然明白，揭示了真相，到达了本质，得到了感悟，又有了精准的表达，这恐怕就是自然文学的要义。

直到2022年秋天，在自然而然的状态下写完了《秋天，我与种子在一起》这篇文章，这时的我，没有动笔前的焦虑，也没有写作中的障碍——我知道我的时机来了。

之后一发不可收拾，十几万字的《重返自然》轻轻松松就写完了。这本书的第一稿我是在门前的那块荒地完成的。书中多次提到了这块荒地，尽管荒芜、杂乱，却成了自然投射在城市里的一个窗口，反映人性的一面镜子，也是我文学创作的样地。

在这一点上，我需要啰嗦两句。过去，我始终觉得城市与荒野是二元对立的两极，是一对几乎不可调和的矛盾体。这块空地告诉我，钢筋水泥的丛林里也有诗意的栖居。那旺盛的生命繁衍，那入心入耳的鸟鸣声，还有无名小花的花香，会让你有置身荒野和大自然的愉悦。这些都印证了在城市中依然可以感受和书写自然的可能性。由此可知，自然其实就在我们身边，在我们内心深处的某个被遗忘的角落。

书中的这些文章并不是偶然所得，都是这些年我自然观察、仔细沉思的成果。第一稿完成后，得到了王文泸先生、龙仁青先生，还有广州文艺的张鸿女士的中肯指导。尤其是王文泸先生在身体欠佳、眼睛染疾的情况下，坚持阅读我的书稿，提出了一针见血的意见。先生就连文章的错别字都标了出来，令我十分感动。

我将几位老师的建议整理出来，反复琢磨，终于恍然开悟——于文学，我又前进了一步。

这一步，让我顿感明朗。
这一步，让我更加坚定自信。

文学之路孤独艰辛，能在十分关键的时候，得到几位老师的点拨，我十分感恩。当然，只有拿出更多的作品，于他们才算回报。所以，《重返自然》仅仅是我重拾文学信心的开始，尽管这本书的文字依然还很粗粝，表达还很肤浅。但是，我深知，每一本书就是人生的一个台阶，上去了，就会更高一层。

要说，这本书能得到青海人民出版社的认可，我想应该是书中有一些场景还能唤起人们或者人类内心当中的一些远古记忆。自然原本与我们很近，或者说我们本就是自然的一份子，所以，当我一遍遍呼唤我们重返自然的时候，相信大家听到的是，一种既熟悉又陌生的召唤，那召唤里有一种原乡的亲和感。